唯有葵花向日开

▼ 品读宋诗之美

◎ 徐昌才 著

江西人民出版社

图书在版编目（CIP）数据

唯有葵花向日开 / 徐昌才著. -- 南昌：江西人民出版社，2019.12
ISBN 978-7-210-11661-5

Ⅰ. ①唯… Ⅱ. ①徐… Ⅲ. ①宋诗－诗歌欣赏 Ⅳ. ①I207.22

中国版本图书馆CIP数据核字(2019)第222254号

唯有葵花向日开

徐昌才 / 著

责任编辑 / 冯雪松

出版发行 / 江西人民出版社

印刷 / 三河市金泰源印务有限公司

版次 / 2019年12月第1版

2019年12月第1次印刷

690毫米×980毫米　1/16　16印张

字数 / 210千字

ISBN 978-7-210-11661-5

定价 / 36.80元

赣版权登字-01-2019-529

版权所有　侵权必究

如有质量问题，请寄回印厂调换。联系电话：13833676809

自　序

诗情画意满眼春

　　一般认为，唐诗以神韵意趣取胜，以形象丰满见长，宋诗则多有学问知识，多有议论说理，形象有些干瘪枯燥，情韵比较淡泊。其实，诗歌是情感和想象的结晶，诗歌也是对生活和生命的感悟，不管是唐诗还是宋诗，都在情感意蕴、形象精神上各见特色，各显优长。宋诗反映两宋社会风貌，披露文人士子心声，抒写大众百样情怀。它可以引领我们走进生机灿然、情意浓郁的世界；它可以感动我们枯淡沉寂、坚硬粗糙的心灵，它可以陶冶情操、安顿心灵；它可以激越情思，飞扬性灵。只要你乐意，只要你沉静，你就可以通过阅读和沉思，联想和品味，感受到生活的缤纷诗意和世间的万千风云。宋诗之美，五彩缤纷，熠熠生辉。感受诗美，不妨从语言、意境、情感、理趣、想象等因素入手。

　　语言之美。每一个文字都是一粒珍珠，闪闪发光，熠熠生辉。每一个文字都是一幅画面，引人想象。每一个文字都是一幅心灵的地图，映照作者的心路轨迹，折射诗人的美好情思。读古代那些沉积千年、绵延至今的瑰丽诗篇，透过语言的编排、组合、连缀、变化，经由慧眼烛照，心灵涵咏，我们仿佛看到了许多闪亮的眸子、浪漫的心灵，我们仿佛看到了缤纷飞扬的性灵、生命欢畅的情趣，当然，我们更看到了自己的生命光辉和自由意志。

读翁卷的《乡村四月》——"绿遍山原白满川，子规声里雨如烟。乡村四月闲人少，才了蚕桑又插田。""绿""白"铺展，春雨如"烟"。"绿遍山原"——树树皆绿，山山皆青，"绿"得辽阔壮观，"绿"得气势磅礴，"绿"得生机无限。"白满川"——"白"字之后加一"满"字，亦可看出，诗人眼中，不是一条小溪，几畦秧田，而是目力所及的所有川渎，白晃晃，水灵灵，溢满春水，溢满生机。不妨想象这样一幅画面：一片碧绿宽阔的田园，在阳光的映照下，溪流如白练绕田而过，沟渠似玉带穿行田间，秧田水满，平展如镜，闪闪烁烁。多么美丽的画面，多么迷人的风光！一个"满"字，带出了丰富的联想。几许田园风光，映照出诗人几多欢喜和热爱。读这样的诗篇，品味生动直观的言语，入情入境，涵咏滋味，我们也会随诗人一样陶醉其中，不能自拔。一首描写乡村风光的诗歌安顿我们浮躁、疲惫的心灵。

意境之美。诗歌的生命在于感发，感发的源头在于意境。意境是诗人的主观情思与诗歌的客观物境的有机融合。品鉴诗歌，要入乎其内，又要出乎其外。既要沉心静气，走进诗歌，涵咏诗情，把握诗意，激活思维，扩展想象，全面感受诗歌的意境之美；又要能够跳脱诗境，立足生活，放眼人生，感受生活的诗意芬芳，感受人生的丰富美好。诗歌就是一种生活，一种我们经历过但是没有敏锐自觉和恰切表达的生活，别人已经代替我们表达，阅读诗歌就是阅读我们自己的生活。生活就是一首诗歌，时时充满诗意，处处弥漫诗情，需要提炼，需要升华，需要加工，任何美妙的诗歌都是对生活的超越和反观。

读大诗人杨万里的诗歌《闲居初夏午睡起绝句》——"梅子酸溜软齿牙，芭蕉分绿与窗纱。日长睡起无情思，闲看儿童捉柳花。"初吃梅子，梅子生涩未熟，食后尚有余酸，齿牙和舌头很不好受，免不了做出各种各样怪脸相，诗人是这种感觉，我们吃梅子也是这种感觉。熟透了的梅子，深红明艳，香甜可口，人人爱吃，但是没有回味的余地，倒是那些半生不熟的梅子，吃在嘴里，酸留齿牙，心生激动，脸扮怪相，别有一番风味。笔者记得小时候，大人逗弄小孩，就曾拿来几颗红艳诱人、半生不熟的梅子，说这梅子如何好吃，勾起小孩的食欲，小孩要答应大人的某些要求，大人才给他酸梅吃。小孩无法，心里盼着吃梅子，嘴角早已流口水，只好一一答应，夺过梅子咬一口，咧开嘴，露出牙，嘴巴变形，鼻梁打皱，眼睛眯成一条线，样子狼狈极了。大人捧腹大笑，小孩酸得满脸通红，从此再不吃酸梅！生活与诗歌总是相似的，我不知道是诗人吃酸梅，还是诗人叫小孩吃酸梅，但是那种刺激、有趣，那种惊讶、激动，那种怪相造型，永远留在我的记忆中。

理趣之美。一般说来，诗歌忌讳议论说理，忌讳抽象空洞，忌讳知识学问，但是，宋诗沿袭唐诗而来，独出心裁，开辟新径，将议论分析、知识学问、思想识见融入诗歌，创造了独特的理趣之美。我们欣赏宋诗，不但感受情意、生活、意境、风物等等美好，还不时可以领会人生哲理、生命智慧之美。

品读朱熹的诗歌《醉下祝融峰》——"我来万里驾长风，绝壑层云许荡胸。浊酒三杯豪气发，朗吟飞下祝融峰。"诗人登祝融，驱万里长风，飘然而至，诗人下祝融，伴朗朗高吟，顺风而下，几多豪迈，几多潇洒！朱老夫子贵为理学大师，学问渊博，思想精深，性情刻板，不苟言笑，想不到衡山一游，激发如此奇思异想，的确震撼人心。诗人陶醉在无限风光之中，也陶醉在飞扬情思之中。笔者曾经在烈日炎炎的盛夏游览莽山（湖南郴州境内），沿着栈道艰苦攀爬，及至绝顶，风光无限，心神振奋，下看有悬崖沟谷，深不见底，远眺是千山万峰，连绵起伏，耳边有阵阵凉风呼啸而过，眼前是云雾升腾，涤荡心胸，真恨不得身长翅膀，脚踏祥云，飘飘飞举，羽化成仙。任何人置身极顶，自然都会产生想飞的冲动，都会豪情万丈，诗兴大发，为祖国的壮丽山川，为自然的伟大创造。什么人可以做诗人？不是平日里喝几杯酒，写几句漂亮句子就可以的，只有当你的生命潜能被激发，当你的情感闸门被打开，当你的人生信念被张扬，这个时候，你就是诗人，你就是会飞翔的诗人，你的心中也有一座雄伟壮丽的祝融峰。

情感之美。诗思雅正，情意丰富，人生百态，情采飞扬。诗歌想来都是情感的艺术，白居易有言，感人心者，莫先乎情。我们品读诗歌，就是要跟随古代诗人，沿着诗歌的轨迹一路探寻，体验从古至今多姿多彩的人生感情。有人放舟绿水，要行不行，千般不舍；有人离亭唱晚，举杯劝饮，因为此处一别，相聚难期。有人翘首江畔，点数归帆，可惜，"过尽千帆皆不是，斜晖脉脉水悠悠"。有人登楼远眺，看孤雁消失天际，叹游子浪迹天涯。有人大开柴门，洒扫庭院，迎接风尘仆仆的远客。有人人生得意，仰天大笑，喊出"天生我材必有用"的铿锵誓言。月有阴晴圆缺，人有悲欢离合，诗有千种情思、万般气象。

品读陈与义的诗歌《牡丹》——"一自胡尘入汉关，十年伊洛路漫漫。青墩溪畔龙钟客，独立东风看牡丹。"诗人"独立东风看牡丹"，此"看"不是闲情雅趣，不是怜香惜玉，不是孤芳自赏，而是望花念土，观花怀人，临花忆旧。牡丹花是诗人家乡洛阳的名产，几乎成了故乡的象征符号，诗人于动荡年月老病之时，飘零异地，看到牡丹，自然会忆念故园，乡土，乡亲，乡情，乡花，乡草，乡水……万象纷奔涌心间，思念之情，溢于言表。

读叶绍翁的诗歌《游园不值》——"应怜屐齿印苍苔，小扣柴扉久不开。春色满园关不住，一枝红杏出墙来。"红杏出墙，定格成画，飞扬成风，有人看到一道招摇炫耀的风景，有人看到蓬勃向上的生命，有人看到光明亮丽的色彩，有人看到张扬狂放的姿态，有人看到火红热烈的青春，有人看到轻挑躁动的心灵，有人看到美好诱人的希望，有人看到不够节制的放肆……意态万千，情趣多多，这就是出墙红杏的魅力，这就是诗歌的魅力。你想有多美它就有多美，它的美丽远远超过了你的想象力！

想象之美。诗歌是想象的艺术，没有想象就没有诗歌。想象犹如一双翅膀，让诗歌飞腾升空，大放光芒。现实很骨感，诗歌很丰满。生活很粗糙，诗歌很精美。人生很艰难，诗歌很轻盈。品读诗歌，需要立足诗歌，对接生活，需要展开想象，体验诗情。想象是打通诗歌与生活的桥梁，想象也是探秘诗歌情意的门径。品读诗歌，放飞想象，可以激活思维，打开思路，心游万仞，神驰八方；可以提振精神，激荡心胸，沸腾血脉，飞扬性灵；可以超越现实，摆脱拘禁，天马行空，自由自在；可以舒展自我，张扬个性，快意人生，欢歌生活。想象弥补了生活的缺陷，完善了诗歌的意境，增进我们对诗歌的理解。

品读宋代诗人刘弇的小诗《题吉水南华院》——"紫翠浮浮寺晚昏，生涯浴汲与松焚。俗尘一点自应少，终日到门惟白云。"诗人激动，生活在深山古庙里，没有任何私心杂念，没有任何纷尘扰攘，没有任何名利牵挂，没有任何敷衍应酬，没有任何是非诉讼，无事一身轻，无欲一心闲，这样的日子，赛过神仙啊！诗人羡慕这样的生活，向往这样的生活。诗人更有浪漫的想像，春天来了，前来探访这座寺院的就只是朵朵飘逸的白云。白云是什么？来无影，去无踪，是高洁不俗，是自由无碍，是轻盈飘逸，是高蹈云层，是遗世独立，是羽化成仙……白云的多姿多彩折射出僧人的丰富情怀，白云的神奇变幻折射出诗人的无限憧憬。李白有诗句描写心中偶像孟浩然："红颜弃轩冕，白首卧松云。"高卧林泉，观云赏雾，举止潇洒，风神爽朗。陶弘景赠友，"山中何所有，岭上多白云。只可自怡悦，不堪持赠君。"高洁空灵，自由脱俗，此等礼物，令人耳目一新。同样，刘弇写南华院，白云到访，自有深长意味。诗歌极写僧人生活之超脱尘俗，清静自由，闲适自在，表达了诗人对现实名疆利锁的憎恶，对官场是非曲直的厌恨。今天，芸芸众生的我们，求名求利，求财求官，早已困苦不堪，心力交瘁。这个时候，读一读山林古庙的清静，读一读清风明月的淡雅，读一读山间流水的空灵，或许可以缓解一下疲劳，安顿一下心灵吧。

诗歌之美，数不胜数，言不尽言，最好的品读方式莫过于自己亲近诗歌，沉潜涵咏，咀嚼滋味，日诵一诗，细细把玩，就像欣赏一件玲珑剔透的工艺品，无论你从哪个角度去观赏，都是一个精美如画，氤氲如梦的感受。这部宋诗品鉴作品集，从自我出发，立足诗歌，聚焦诗情，发掘诗美，丰富情趣，希望能够唤起读者的一份诗心，一份热爱，一份情趣。

于长沙雅礼

2019年6月20日

目录

辑一
田园素描

才了蚕桑又插田　　002

梦觉流莺时一声　　005

闲看儿童捉柳花　　008

花木成畦手自栽　　011

夕阳牛背无人卧　　013

欲验春来多少雨　　016

小雨初晴岁事新　　019

布谷一声春水生　　022

花落柴门掩夕晖　　025

啼鸟不知春已老　　029

儿童误认雨声来　　032

辑二
畅游风月

人生有幸识风月　　036

杖藜携酒看芝山　　039

春风桃李油菜花　　042

卧看江南雨后山　　045

不知多少夜来雨　　048

小雨丝丝欲网春　　051

蘸他春水画船头　　054

夹岸桃花蘸水开　　057

野菜花开蝶也来　　060

添得黄鹂四五声　　063

翠光点破夕阳归　　066

活底秋江水墨图　　069

一路吹香直到家　　072

春梦醒来能记否　　075

细数落花因坐久　　077

风前有恨梅千点　　080

夜凉清若在冰壶　　083

鹅鸭不知春去尽　　086

辑三
羁旅愁思

独骑瘦马取长途　　090

飞花两岸照船红　　093

万顷沧江万顷秋　　096

寒星无数傍船明　　099

岳阳楼上好风光　　102
徙倚轩窗看夕阳　　105
卧听疲马啮残刍　　108
我比杨花更飘荡　　111
今夜细雨滴芭蕉　　114
寂寞小桥和梦过　　117
倚枕犹闻半夜钟　　120
只有滩声似旧时　　123
黯淡滩传黯淡情　　126
石头明月雁声中　　129
断肠从此各西东　　132
秋到梧桐动客愁　　135

辑四
隐逸山水

笔底千年风云在　　140
白鸥无事小舟闲　　142
赖有青山豁我怀　　145
幽人偏爱青山好　　148
柴门半掩白云来　　151
蜂飞蝴舞花又开　　154

画中飞出双鸥鸟　　157

且容残梦到江南　　160

映带残霞一抹红　　163

辑五
相思无限

故园桃李为谁开　　168

病里梳头恨最长　　171

贪看飞花忘却愁　　174

故关千里未归心　　177

故乡更在春天外　　180

卧听檐雨落三更　　183

西风门巷柳萧萧　　186

相逢都是广寒人　　189

含羞却立海棠边　　192

万年枝上听箫声　　195

烧罢心香午夜阑　　198

玉笛吹残正断魂　　201

一阵东风作晓寒　　204

辑六
迎来送往

危楼千尺送君归　　208

细雨垂杨系画船　　211

载将离恨过江南　　214

满身风露竹扶疏　　217

一枝红杏出墙来　　220

青山绿水古风醇　　223

宿处先寻无杜鹃　　226

独坐寒斋万感生　　229

落日残僧立寺桥　　232

闲敲棋子落灯花　　235

一见故人心眼明　　238

辑一

田园素描

才了蚕桑又插田

——翁卷《乡村四月》散读

农村生活的节奏是什么？一言以蔽之，宁静而又紧张。说宁静，针对自然风光，山清水秀，鸟语花香；说紧张，针对农人而言，忙于农事，难得停歇。宋代诗人翁卷长期生活在农村，对农村的自然风光和农民的生产生活都非常熟悉，并且从内心深处产生了一种真挚而强烈的感情。诗人热爱农村的山水风光，喜欢那些勤劳的人们，他的诗歌《乡村四月》就以朴素、自然的语言赞美了农民的辛勤劳动，描绘了农村的美丽风光，给人留下深刻的印象，引发人们广泛的联想。诗歌是这样写的——

绿遍山原白满川，子规声里雨如烟。乡村四月闲人少，才了蚕桑又插田。

春夏之交，天地回暖，万物吐绿，生机勃发，农村自然更是一片美丽风光。碧绿染遍了山岗平原，白水溢满了山川河流，阳光放射出迷人的艳丽。诗人放眼天地，不明点直说山清水秀，而是妙手设色，对比画境：山之色，浓郁苍翠，水之色，白净亮丽，色彩明艳，醒目动人。"绿"之后着一"遍"字，可以想见，诗人所写绝非一棵树，一片林，一座山，而是漫山遍野，千山万岭，树树皆绿，山山皆青，"绿"得辽阔壮观，"绿"得气势磅礴，"绿"得生机无限。王安石名句"春风又绿江南岸,明月何时照我还","绿"遍江南,范围更广,气势更足,生机更旺。不"绿"江北,只"绿"江南,是山是水,是树是草,包容其中,何等阔大,何等神奇。王安石家在江南,思念故园,因此,在他眼中,春风只绿江南。翁卷,住在农村,热爱农村,热爱生活,因此,在他心中,春绿遍布农村。二者情境有别,本质一致。"白"字之后加一"满"字,亦可看出,诗人眼中,不是一条小溪,几畦秧田,而是目力所及的所有川渎,白晃晃,水灵灵,溢满春水,溢满生机。想象这样一幅画面,一片碧绿宽阔的田园,在阳光的映照下,溪流如白练绕田流过,沟渠似玉带穿行田间,秧田水满,平展如镜,闪闪烁烁,多么美丽的画面,多么迷人的风光。一个"满"字,带出了丰富的联想。

农村的另一处风光是声声鸟鸣。诗人写细雨如烟,<u>丝丝缕缕</u>,朦朦胧胧,诗人写子规啼鸣,声声悦耳,催促农事。看似不加选择,随意落笔,其实,正是抓住了春夏之交农村风光的典型特征。春夏多雨,不大不小,滋润土地,催发生机,农民喜欢,往往及时下地,翻土的翻土,耕种的耕种,到处都是一派忙碌紧张的气氛。子规鸟,又名杜鹃或布谷,初夏昼夜长鸣,鸣声类似催促人们赶快播种布谷。农民对此非常熟悉,每到子规鸣啼的时候,心里就多了一份警醒和忙碌,新一轮的播种又要开始了。顺便提及的是,翁诗人这儿的子规啼鸣,与"杜鹃啼血"这个典故毫无关系,不带一星半点的凄清悲怨,这儿只是农村常见常听到的子规鸣叫,一种应时而鸣,催促农事的鸟儿。如烟似雾的细雨,声声清响的子规,勾勒出一幅幽静和谐的画面,让人联想到农村独有的氛围——宁静、祥和、优美、迷人。再加上诗歌第一句的亮丽色彩的生动描写,我们可以感受得到,诗人对这片山水的欣赏和喜爱,对这种氛围的熟悉和青睐。

四月乡村最精彩的风光还是那些勤劳能干的农民。你看,整个村子,家家户户,空空荡荡,没有一个人闲着,人们才忙完蚕桑,又下田插秧去了。一个季节有一个季节的农活，各人有各人的任务，农民总是忙个不停，但是他们没有怨言，他们习惯了，他们喜欢这种清静有序，平淡普通的日子。妇女操持家务，采桑养蚕，缫丝织布，缝缝补补；男子砍柴担水，耕田种地，养家糊口；小孩读书的读书，放牛的放牛，割草的割草，帮助大人，做一些力所能及的农活。一家子就这样踏踏实实，本本分分地干自己的事儿，生活虽然忙碌、劳累，倒也清静自在，还图什么呢？只要能够简单安稳地过日子，这就足够了。诗人在打量这一切，欣赏这一切，农村这种平静而紧张的生活，令他羡慕。他是个读书人，他有过仕途经历，他怀抱功名之念头，可是，今天，他明白了，农村如此清新、朴实，如此自然、宁静，如此淡泊、有序，这才是他向往的地方啊。

梦觉流莺时一声

——苏舜钦《夏意》散读

一个诗人在一个炎热的夏日中午做了一场梦，梦中发生了怎样的故事，我们不知道，但是我们分享到了他梦醒之后的清凉和幽静；一个诗人在一场夏日美梦之后发现了一座庭院，庭院里没有奇花异草，茂林修竹，但是我们体验到了别具情韵的清新和亮丽：这就是宋代诗人苏舜钦的小诗《夏意》留给我的第一印象。诗歌是这样写的——

别院深深夏簟清，石榴开遍透帘明。树阴满地日当午，梦觉流莺时一声。

诗人描绘的景致和生活，其实不过就是大多数人非常熟悉的内容，庭院环境如何幽深宁静，花草树木如何秀丽可人，午睡休息如何闲适自在，可是诗句字里行间流露出来的诗人的心情，诗人的感受，诗人的生活态度，却是现实生活中我们大多数人难以企及或是无心留意的。看看诗人心目中的阴阴夏日吧。

拥有一座属于自己的小小庭院，树木成林，浓荫蔽日，栽种一些花花草草，姹紫嫣红，五彩缤纷。盛夏酷热的日子里，在院子里摆上一张竹席，或一卷在手，席地而坐，吟咏诗词歌赋，或安然入眠，进入梦乡，享受清凉快意。诗人强调竹席清凉，意在表达一份舒心惬意。试想，燥热盛夏，一个人躺在自家小院的竹席上，做自己的清凉梦，何等闲适，何等逍遥！记得小时候在乡下生活的日子里，每到炎热夏天，总会随大人一起到村头路口大树底下乘凉，有叔叔伯伯，也有白发爷爷，他们从家中搬来竹席，铺在大树底下的空地上，人就在竹席上睡午觉。作为小孩的我们，玩累了，也席地而睡，枝繁叶茂的大树底下，横七竖八地躺着几个大人或小孩，真是一道奇特的风景呢。没有谁来指责你这种睡相有损风化，没有谁来干扰你的清梦，有时候一觉醒来，就快到下午六点了，一溜烟儿跑回家去，生怕挨爸妈的打骂。如今想来，那种经历真的很有趣。诗人苏舜钦诗中描写的是自家小院的午睡，但是，其间的自由散漫，闲适快乐，和我童年时候的午睡应该是一样的。

拥有一院的艳艳石榴，石榴花开，火红艳丽，灿烂双眸，这是一道怡悦心志的风景。诗人说他们家小院的石榴树全都开花了，开得浓艳，开得明亮，人在屋内，放眼望去，简直可以看到，一朵朵的石榴花，就如同燃烧的火焰一样热烈醒目。诗人还说，石榴红艳，透帘而入，分外打眼，意在突出石榴花的生机勃勃和神奇美丽。"开遍"是朵朵全开，浓艳生辉。"透帘"是说红得耀眼，灿烂迷人，那些火红似乎要蹦跳起来，像七八岁的小孩那样扑进你的怀抱，让你猝不及防，让你心花怒放！"明"是写视觉效果，花红明亮，似乎帘幕也是明亮的，屋内诗人的眼睛也被这火红的石榴花照亮了，诗人的心灵也像这盛开的花朵一样灿烂。想想看吧，平日的繁忙生活中，谁有心有意，如此仔细地观赏过身边的花草树木呢？谁又会兴致勃勃地赞美它们呢？诗人在赞美石榴花，在赞美夏日庭院的美丽和生机，其实是在抒写一种对自然，对生活的热爱和赞美之情啊。

聆听黄莺歌唱，放纵心灵飞扬，同样令人羡慕，令人神往。夏日午睡，无人打扰，想睡多久就睡多久，想什么时候起来就什么时候起来，无事一身轻，心静自然凉，连梦也是清凉的，清爽的。有时候一觉醒来，时不时听到院子里黄莺一两声清脆鸣叫，倍感清静，倍感闲适。黄莺是百鸟园中的神奇歌手，她不仅形貌漂亮，性情温婉，而且声音婉转，悦耳动听。诗人用"流"来描写黄莺叫声，在花丛中鸣叫，在夏阴里欢唱，是以声衬静，突出了午后庭院的幽深宁静；也是以声传情，表现出诗人耳听好音而心生喜悦。换种景物想象一下，如果不是听到黄莺的鸣叫，而是听到乌鸦的啼叫，或是杜绝的悲鸣，哪里还有诗意，哪里还有闲情雅致呢？乌鸦代表着不吉祥，不如意，其形丑陋，其声凄厉；杜鹃代表着哀怨，泣泪成血，哀声揪心。唯有黄莺无论从形貌来看，还是从声音来讲，都是惹人心疼的，人见人爱的，诗人强调在自家庭院中听到黄莺鸣叫，其实还是在含蓄地表达自己的宁静愉悦之心情。

　　一个炎热的夏天，总会让人厌恶，厌恶它的漫长和酷热，可是，只要我们能够像诗人苏舜钦一样保持一颗爱自然，爱生活的心灵，我们就会发现无数的诗意：一院阴凉，一院幽静，一院红艳，一院莺鸣……

闲看儿童捉柳花

——杨万里《闲居初夏午睡起二绝句》（其一）散读

有些诗歌，往深处读，知人论世，切情切旨，感觉很沉重，很压抑；往浅处读，就景论景，就情论情，感觉很轻松，很愉悦：读深读浅，因人而异，因心有别。习惯了太多的深沉和繁重，郁闷和苍凉，有个时候，我读诗，反倒希望什么都不去涉及，不去追索，就图简单、轻松，就图肤浅、有趣地解读诗歌，这种读法的确也可以带来别具情味的审美享受。就拿宋代大诗人杨万里的《闲居初夏午睡起二绝句》（其一）来说吧，诗歌描写诗人晚年居家的闲适生活——

梅子留酸软齿牙，芭蕉分绿与窗纱。日长睡起无情思，闲看儿童捉柳花。

忘记诗人杨万里，忘记杨万里的身世经历、社会思想，忘记杨万里所处的那个矛盾激烈、兵戈四起的时代，回到诗歌，回到农村，回到任何一个都可能和杨万里一样生活的老大爷身上，我们会读到闲居的情趣，别样的生活。

叶嘉莹教授认为诗歌的魅力在于感动心灵，兴发情思，也就是说一首好诗，它总要能够引发读者丰富而广泛的联想，唤醒似曾相识的记忆，不然就是索然寡味，平淡如水。杨万里这首小诗就具有这个特点，初吃梅子，梅子生涩未熟，食后尚有余酸，齿牙和舌头很不好受，免不了做出各种各样怪脸相，诗人是这种感觉，我们吃梅子也是这种感觉。熟透了的梅子，深红明艳，香甜可口，人人爱吃，但是没有回味的余地，倒是那些半生不熟的梅子，吃在嘴里，酸留齿牙，心生激动，脸扮怪相，别有一番风味。记得小时候，大人戏弄玩耍小孩，就曾拿来几颗红艳诱人、半生不熟的梅子，并逗引小孩说这梅子如何如何好吃，味道鲜美，许诺小孩要答应大人的某些要求，才给他酸梅吃；小孩无法，心里盼着吃梅子，嘴角早已流口水，只好一一答应，接过梅子一吃！那个酸劲让他大出洋相：咬一口，咧开嘴露出牙，嘴皮皱成深勾，一副大惊失色、目瞪口呆的样子。大人捧腹大笑，小孩被骗了，酸得满脸通红。从此再不吃酸梅了。这种生活很有趣，近日回县城看望父母，发生了这样一件好玩的事情。在弟弟家吃晚饭的时候，上了一道西红柿炒苦瓜，做哥哥的徐枫林逗引妹妹徐一雅说："雅子，苦瓜好吃，不苦，很甜，要不要我喂你一块啊？"雅子连忙说："要！要！枫林哥哥快点喂我！"徐枫林用筷子挟着一块苦瓜往雅子嘴里送，雅子一咬，满口苦涩，大叫一声，全部吐出，哇哇大哭。这场面惹得大家哈哈大笑，连忙安慰雅子，枫林哥哥不好，枫林哥哥不对，他不能欺骗妹妹，批评他。雅子得到大家的同情、安慰，才慢慢回过神来。生活总是相似的，我不知道是杨万里诗人吃酸梅，还是杨大诗人叫小孩吃酸梅，但是那种刺激、有趣，那种惊讶、激动，那种怪相造型，永远留在我的记忆中。有个时候，百无聊赖，静下心来，想那些自己曾经经历过的好玩刺激的事情，也是很惬意的。

初夏的窗外，赤日炎炎，浓荫匝地。芭蕉绿得逼你的眼，一大一大片，向上伸展连成一株茂盛的绿树。一棵又一棵，这样的绿树站立在庭院，站立在住宅周围。任他骄阳似火，任他暴雨如雷，我住小屋，自成一统，夏天凉快，雨天晴和，几多悠闲，几多安逸。我有满心欢喜要向诗歌倾诉，我有太多的情趣要与读者分享，就看我家窗户外面那棵硕大的芭蕉树吧，绿得苍翠，绿得浓艳，绿得流油，放眼望去，满庭绿意扑面而来，似乎连窗户，连窗帘也是绿茶色的。炎热的夏天，郁闷的小屋，有了这一窗绿，有了这一院生机，心中焉能不凉快、惬意呢？诗人对芭蕉之绿情有独钟，以窗为框，以绿为色，以树为景，画成诗句，画成图景；心中的宁静闲适，心中的激动幸福，有形有色，宛然可睹；芭蕉有情，诗人有心，有心的诗人看到充满性灵的芭蕉毫不吝啬地把大片大片的绿分给纱窗，分给布帘，也分给诗人。我们完全有理由相信，芭蕉掩映小屋，绿意笼罩诗人，心灵是静穆的，愉悦的，也是充实的。遗憾在于，今天，我们置身闹市尘俗，有太多的绿树红花，有太多的假山池沼，可是我们的心灵还能保持宁静吗？我们的双眸还能保持清洁吗？

初夏的日子很长，昼长夜短，午睡醒来，诗人感到无聊，情思萎靡不振，意态恍惚，睡眼昏花，做什么都不好，什么都不想做，伸一个懒腰，长啸一声，算是舒活舒活筋骨，抖擞精神。书看不进，诗写不出，状态还没有调适过来，干脆推开门，到院子里走一走，外面的庭院很凉快呀。没想到，这一出门，诗人看到了非常有趣的一幕，几个小孩东奔西跑，追捉柳花。他们玩得可起劲了，风吹絮飞，满地都是，有的扑入衣袖，有是踩在脚下，有的飘进小孩脖颈间，孩子们倒不管三七二十一，四处乱撞。衣上，头上，背上，到处沾满了柳花，一个个成了柳花精灵。你看，这样的场景，这样的小孩，多么机灵，多么天真，多么有趣。这些小孩不懂诗，他们一身都是诗！言行举止、衣着扮相无一不具诗意，这些小孩很快乐，他们不管做人的礼仪规范，他们不懂功名大业，他们不知世态人心，他们就是孩子，保留赤子之心，一派天真，满心纯洁。人活于世，能看着如此清纯可爱的小孩嬉戏长大，能与他们为伍，成为他们中的一员，能在年与日增的时候，永远保持这样一颗童心，不也是一件很快乐的事情吗？

杨大诗人没有告诉我们什么更深沉，更复杂的道理，生活，他的生活、为人应该很简单，我愿意相信这一点。因为相信简单，才活得轻松；因为追求单纯才活得自在。从这个意义上来读杨大诗人这首绝句，真是一种莫大享受。

花木成畦手自栽

——王安石《书湖阴先生壁》散读

诗中山水花木,早已脱略了自然本色,染上诗人的喜怒悲欢。在那些绘声绘色、绘形绘态的山水篇章中,我们阅读山水,其实就是在走近一颗生命灿烂的心灵,其实就是在欣赏一种高雅脱俗的情怀。王安石写过一首小诗——《书湖阴先生壁》,为朋友而作,为心灵而歌,也是为自己而咏,山水性灵折射情怀,生命情趣光照诗篇。全诗是这样写的——

茅檐长扫净无苔,花木成畦手自栽。一水护田将绿绕,两山排闼送青来。

诗题《书湖阴先生壁》,表明诗人是走访朋友,观景陶醉,信笔而作,当然流露出诗人的勃勃兴致和无限向往。题在壁上,自然不是信笔涂鸦,大煞风景,而是警示人生,乐此不疲,是赞美朋友的幽雅居所和脱俗人格,更是含蓄表达自己的钦慕之情和向往之意。

湖阴先生,是王安石的朋友杨德逢的别号,也是王安石在金陵的邻居。号为"湖阴",含有寄情山水,清远悠闲之意。他的居处又是怎样一番天地呢?茅屋檐下时常清扫,庭院四周纤尘不染,环境幽静,空气清新。花草树木,罗列堂前,井然有序,生机勃勃,主人亲手栽培,精心养护。青苔杂草,枯枝败叶,被主人清理得干干净净，不留一星半点的痕迹。主人生活在这样一所庭院里，无非就是赏花观草，读书悟理，倒也自在清净，乐得逍遥。环境之清洁干净源自于主人"时时勤拂拭"，扫扫尘埃，除除杂草，净化居所，也净化心灵；花木之井然有序源自主人亲手劳作，精心呵护。诗人热爱花草，珍视美丽，也就是热爱生活，热爱自然的表现。想想看吧，一个人像爱护自己的眼睛一样爱护自己的庭院，清洁干净，纹丝不乱，生机灿然，春色满院，这个人内心世界该是何等宁静，何等纯净，又该是何等自由，何等高雅。庭院深深深几许，一花一木总关情，欣赏一个人的精神气度、人生品格，只看他的环境居所，自然八九不离十。

湖阴先生庭院外面，一条小河弯弯曲曲，泛着绿波，闪着光芒，绕田而过，潺潺流淌，宛如慈爱的母亲哼着儿歌在哄小孩睡觉，情意绵绵，无限关爱。远处青山，苍翠秀丽，推开柴门，扑面而来，让主人措手不及，惊喜不已。青山仿佛不期而访的老朋友，满面春风，登门探访，喜不自胜。你看，在诗人笔下，在主人心中，绿水泛波，有情有意，护田而过，形影相随；青山有意，越过田原，闯进主人的家门，扑进主人的怀抱，多么富有生命情趣，多么具有自然性灵！经过诗人情感投射，心灵烛照之后，水不是水，山也不是山，是朋友，是生命，是登门拜访的客人，是激动地向主人告喜讯的信使。"护田"有慈母情怀，"排闼"有玩童野性，一动一静，相互映衬，相得益彰。我们有理由相信，山居主人的朋友就是庭院花草、碧绿小溪，就是满目青山、宽阔田园，山居主人也一定会真心诚意珍视这些可爱的生灵。天地之间，能够拥有绿水青山，拥有花草树木，拥有蓝天白云，真是精神上、情感上的莫大快慰，如此，还奢求什么尘世浮华和官场富贵呢？

千年前，王安石把一方山水写在墙上，定格成一幅画，铭刻在自己心中，铭刻在朋友心中，也铭刻在历史的深处；今天，我们重温诗作，回归宁静，收获快乐，同样是心驰神往，情不自禁啊。

夕阳牛背无人卧

——张舜民《村居》散读

有一种宁静叫流水潺潺,花开花落;有一种和谐叫夕照秋山,牛羊归圈。宁静令人心性沉敛,气定神闲;和谐令人心向神往,意乱魂驰。这种宁静与和谐,不在身边,不在尘世,就在宋代诗人张舜民的小诗《村居》之中。

水绕陂田竹绕篱,榆钱落尽槿花稀。夕阳牛背无人卧,带得寒鸦两两归。

诗中没有人,诗外站着诗人,诗人凝神地观赏秋日黄昏牛羊归山的图画,安详宁静,怡然自得,沉浸在一个物我同一,令人着迷的乡村世界里。

村外,是一片开阔的田野,潺潺清流顺着水沟绕田而过,滋润良田,灌溉庄稼;夕晖反照,洒下斑斑点点,给溪流涂上一层瑰丽的色彩,有光影跳动的活泼,又不失恬静安详的诱人。村旁是几块庄稼地,丛丛青竹环绕篱笆,尽显迷人风姿。是竹,不管栽种在哪里,都是一道绿色的风景;是篱,不管插在何处,都有一种静谧的美丽。有了水的清亮和灵动,有了竹的青翠和生动,有了篱的肃穆和苍古,我相信,这幅画有意趣,有生机,这个村庄有风光,有风采。田园的存在无声地诉说着劳动的平凡与伟大,竹篱的点缀又沉静的释放出家园的祥和与温馨,农民生活在这里,祖祖辈辈,世世代代;诗人也生活在这里,高高兴兴,清清静静。风景会说话，花木含真情，我感觉，无声的画面，无语的风光，其实在传达静默的诗意。

再拉近视线，仔细打量庭院吧，也是一个精彩纷呈的世界。榆钱树下，铺满榆荚，形状似钱，色白成串，煞是好看。树上，树叶凋零，枝丫光秃，像枯瘦的老头独立寒秋，伸开五指；像羸弱的老者脱帽致意，沐浴阳光。一棵树，以秋空为背景，以枝丫为主干，勾画出夕阳的剪影，让人读到沧桑，读到感动。再看木槿树，夏秋开花，朝开夕落，还有几朵，稀稀落落分布在枝头，秋风拂来，不时飘下一些细碎的花瓣，是难舍告别，还是无语悲伤？是浪漫飘舞，还是兴高采烈？只有它才知道，只有诗人才知道。在没有人注意的地方发现少量的花朵，在花朵枯萎的时刻听到飘落的声音，除了诗人，谁还有这份兴致，这份闲情呢？王维《鸟鸣涧》如此写道："人闲桂花落，夜静春山空"，每每读到此句，我脑海中总会浮现出一幅画来：清爽幽静的夏夜，一个老诗人在庭院中散步，只有月下身影在陪伴他，他在听自己的心跳的声音，他在闻月下桂花飘洒的芳香。多美的意境！多么安静的天地！同样，张诗人和王维一样，在傍晚，在夕阳照射的乡村庭院，观赏几棵树、几朵花和几株草，静谧却能听见心声，冷清却不失内心充盈，他在欣赏一个恬静安宁的世界啊！他早已融入其中，每一株草，每一朵花，每一棵树，都是一位会说话的诗人。

老牛永远是村庄的主人，起得最早，出门最早，回家最晚，付出最大。夕阳里，秋空下，老牛也尽显浪漫。今天怎么了，那个天真顽皮的牧童呢？平日里他不是骑在牛背，吹着竹笛，慢慢吞吞地赶着老牛回家吗？今天不一样，不闻牧童划破夜空的清亮笛声，不见牧童静卧牛背的悠闲身影，却有一只乌鸦，站立牛背，一声不响，陪伴老牛，向村庄缓缓走来。它们两个，相依相伴，沐浴在夕阳余晖中，温暖了诗人的心怀。是啊，不要打扰它们，它们似乎天然就是一家人，老牛家在山村，乌鸦巢在树上，乌鸦飞累了，叫累了，它要歇歇气，自然有劳慈祥敦厚的老牛啦。这样也挺好的，老牛正愁没伴呢，驮着乌鸦毫无怨言，甚至还亲昵有加，时不时甩起尾巴，有意逗弄一下贪图安逸的乌鸦！夕阳退去，夜幕笼罩，它们慢慢才消失在无边黑夜之中。但是，山村有一双眼睛在注视着它们优哉游哉的姿态，山村有一双耳朵在聆听它们迟步哒哒的声音，它们早已定格成一幅画，深深烙在诗人的心里。

　　宁静是一道清泉，和谐是一抹夕阳，尽管是寒秋，尽管是山村，一条水像鱼一样高兴，一朵花像姑娘一样美丽，一头老牛像老汉一样慈祥，一只乌鸦像小狗一样温顺，这就是乡村，美丽的乡村，永远的乡村！

欲验春来多少雨

——周邦彦《春雨》散读

春风化雨，润物无声，农民忙于耕田种地，花儿争相吐艳生辉，鸟儿开始放声歌唱，池塘注满漫漫春水，一切充满勃勃生机，一切展示清新形象。这是宋代诗人周邦彦诗作《春雨》给我们描绘的画面，清新鲜活，光明艳丽，画面开阔心胸，色彩灿烂双眸。诗歌是这样写的——

耕人扶耒语林丘，花外时时落一鸥。欲验春来多少雨，野塘漫水可回舟。

春雨贵如油，民以粮为天，农民对于春雨有别样的情怀，趁着春雨滋润大地，抢抓时机，下地劳作。扶着耒，翻土松耕，平地碎土，一边耕耘，一边说笑，欢声笑语回荡在空旷的小丘之上，飞越树木，洒向天空。农民高兴啊，一年之计在于春，春雨来得非常及时，他们开始播种希望，播种丰收，他们不怕苦，不怕累，他们对生活充满激情，对自然心怀感恩，感谢老天爷善察农时，感谢春雨浇灌庄稼。诗人只用了一个中性字眼"语林丘"，一者让我们看到一幅农人冒雨耕种，谈笑风生的剪影，二者让我们看到农人开朗乐观，热爱生活的精神风貌。春雨下在林丘地头，也下在农民心里，春雨浇灌了万千庄稼，也浇开了农民的开心笑脸，没有谁比农民更能体会到春雨对于收成的重要，没有谁比农民更为高兴，在这个春雨蒙蒙的季节。祝福亲爱的农民，良好的开端是成功的一半，播种汗水，收获希望。

雨润山川，草木吐绿，百花竞艳。林丘之外，小路旁边，野花盛开，姹紫嫣红，不时飞来一只鸥鸟，鸣叫几声，停落花丛之外。鸟儿高兴，是因为花色太美，花开艳丽是因为春雨滋润。完全可以想象得到，野花带雨，娇嫩欲滴，生机勃勃，楚楚可怜，多美的画面，多么鲜活的花朵！杜甫写春雨诗云"晓看红湿处，花重锦官城"，经过一晚春雨洗礼之后，第二天起来一看，发现锦官城到处是花的海洋，到处是沉甸甸，雨淋淋的花朵，到处是生意盎然的风景，画面之美类同周诗。

一场春雨浇开了百花，催发了生机，改变了世界。谢谢春雨，给我们捎来美丽，捎来希望。再看那些鸥鸟，鸥鸟是水鸟，常在水边湿地生活，以昆虫鱼虾为食，性喜文静，形体美丽。古人常用鸥鸟来隐喻隐士，因为人离尘世，毫无机心，鸥鸟才会停落并与之亲近。杜甫诗云"自去自来梁上燕，相亲相近水中鸥"，周诗人诗里写鸥鸟，自有其用心，一是刻绘画面的美丽，翩翩飞翔，轻轻降落，轻盈空灵，潇洒俊美，画面因为鸥鸟的出现而鲜活起来，灵动起来，富有生机，令人神往。二是暗示农人，这些耕田种地的农人，生活在乡野山林，远离官场，远离浊世，毫无算计之心，功利之欲，与大自然和谐相处，与鸥鸟相亲相近，这是农人的纯朴、天真情性之写照，也是诗人出自内心的羡慕和向往。三是鸥鸟不同于其他鸟类，麻雀叽叽喳喳，叫个不停，乱耳烦心；黄莺嘤嘤成韵，婉转流利，悦耳动心；杜鹃凄清哀怨，通宵达旦，愁惨逼人；鸥鸟则娴静少动，偶有鸣叫，其声清亮，这零星的鸣叫反倒增添了山林土丘静谧、清幽氛围。是谓"以声衬静，倍增幽寂。"

春雨下来，农人高兴，花儿开心，鸟儿欢悦，大地绿意盈盈，万物生机勃勃。春雨洗礼了山川大地，春雨催发了生机活力，诗人高兴，诗人激动，诗人更好奇，他天真地问道，入春以来，到底下了多少春雨呢？这个问题不好回答，谁也无法丈量，谁也不能算计，但是，倒是诗人的突然发问，却流露出一派天真、稚趣，流露出诗人内心深处和农民一样的喜悦和激动，因而，这是有情有性的发问，这是趣味浓郁的表达。诗的语言往往就是这样灵动有趣的。当然，诗人还是回答了，说不清下了多少春雨，看看野地里那个水塘吧，春水泱泱，简直可以来回荡舟了。春雨之丰盈充沛不言自明，画面之形象蕴藉耐人回味。古诗有云"春潮带雨晚来急，野渡无人舟自横"，横舟水面，四野无声，有寂静之美，野趣之美。周邦彦的小诗也以"回舟"煞尾，以画面作结，同样给人以悠悠不尽的意味，同样透露出一种宁静自然之美。

小雨初晴岁事新

——利登《田家即事》散读

我相信这样一个观点,诗歌来自生活,生活就是诗歌,作家无需雕琢语意,无须惨淡构思,只需把感动心灵的生活场景记录下来,只需把纯粹自然的生活风光描绘出来,这种记录和描绘就一定具有震撼人心的艺术效果。诗人是在抒写一种生活,也是在描绘我们的经历,心灵的和生活的。读宋代诗人利登的小诗《田家即事》,我就有上述感觉。诗歌具有一种直击生活,联动引发的功能,诗人会带你走进他的视野,他的世界,诗歌是这样写的——

小雨初晴岁事新,一犁江上趁初春。豆畦种罢无人守,缚得黄茅更似人。

标题曰《田家即事》,告诉我们是诗人的瞬间感动,直笔书写,不加点染,不加修饰,纯用白描,一派天真,生活的原汁原味,生活的活色生香,溢满诗行,芬芳迷人。

先交代一个背景,春天的大地下了一场大雨,淅淅沥沥,朦朦胧胧,万象更新,生机勃勃。显然,这对农民来说至关重要,一年之计在于春嘛,民以粮为天,粮以雨为天,没有雨,粮食就没有活路,农民就没有希望啊。诗人直说"岁事新",是平静的描述,也是由衷的祝福和略有克制的喜悦,站在农民的角度上来看,这场雨来得及时,诚如杜子美云"好雨知时节,当春乃发生",这个雨后天晴的日子异常珍贵,勤劳的人们马上下地劳动。万象更新中见忙碌气氛,春雨朦胧中显清新气息,春天属于辛勤耕耘的人们,春雨垂青生活在土地上的农民。

接下来的诗人依次给我们描绘了三幅画面,可谓一步一景,移步换形。先写犁田。在春雨初晴的时候,在江边田野上,在水气飘浮的远处,农民在耕田,披蓑戴笠,扶犁扬鞭,吆喝几声,跟在老牛后边,慢慢前行,脚下溅起朵朵水花。他们耽误不起初春,没有耕种,就没有收获,趁小雨下得刚好入地半尺的时候,就开始犁田翻土了。这是最佳时机,土质松软、湿润,雨水充沛,利于植物生长。诗人平静用词,一个"趁"字,点出了农人的惜时、勤快,谙熟农事的特点。读到此处,我想起自己去世多年的爷爷,小时候生活在农村,每到春天,细雨初下的时候,爷爷总是郑重其事地告诫家里人——爸爸、妈妈、婆婆、姑姑和叔叔,不要偷懒,全家出动,耕田的跟我走,种地的跟婆走,一切趁早哦!爷爷是个勤快的人,一生勤劳,他的勤劳带动了全家人,也深深地教育了我。我知道,对于我们家来讲,没有爷爷就没有春天,没有爷爷就没有今天的富足生活。那些耕田种地的日子,大家多么齐心,多么有精神啊!今天我们很多人都不用耕田种地了,但是在各自不同的岗位上,每个人不也有一块属于自己的责任田吗?春天来临的时候,谁又敢懈怠呢?"……趁……"这种朴实的表达体现出一种最接近土地,最贴近农民的精神,意味深长,发人深省。

再说种豆。田园方正,排列整齐,空间开阔,面积广大,农民辛辛苦苦播种之后,总不能任其自然,放手不管吧,但是,农事繁杂,人手忙碌,一茬接着一茬,哪能抽得出专人来看管庄稼呢?聪明的农民朋友们想起了堆草人,他们用黄茅草编扎成一个像模像样的草人,并让它们手持长长竹竿,头戴斗笠,终日站在田间地头,守护着庄稼或农作物,防备家禽啄食,防备鸟雀侵害,阻吓野兽破坏。不是人，更像人，飞禽鸟兽，当然辨别不出来。我同样很熟悉这种看守庄稼的生活。记得小时候，家里有杆长管猎枪，那是爷爷上山打猎专用的，春耕之后，爷爷最心疼庄稼，晚上，带上猎枪，埋伏在草堆人旁边，等待野兽的出现，一旦猎物出现，就是砰砰几枪，爷爷满载而归。说不出小时候的我和弟弟妹妹有多么高兴，非常感谢爷爷带给我们刺激过瘾的经历，当然也得感谢堆草人。利登这首小诗写到了草堆人，像一位卫士，忠实地守卫在田野，替主人看守庄稼，无怨无悔，毫不计较，姿态可爱，精神伟大！

有一点需要说明的就是诗中"无人守"的理解，可作双解。一是豆畦种好以后，编杂几个草堆人守护即可，无须麻烦人员去守护，这反映出农民的聪明和智慧；二是反映出一种平静、自然、淳朴美好的民风，夜不闭户，路不拾遗嘛。这里的人们互相信任，友好相处，没有猜疑，没有偷盗，更不会有破坏行为，大家用不着互相提防，因此，家家户户耕田种地，顺其自然，不会有人搞破坏的，多么和谐的乡村，多么纯朴的民情。

诗歌描绘了三幅画面，耕田、种豆、守护庄稼，像放电影一样，一幕幕地从我们眼前走过，大凡稍有农村生活经历的人，都会对这些生活产生亲近感，熟悉感，并引起广泛的共鸣。这就是诗歌，一种源于春天，源自生活，不受污染，原汁原味的诗歌；一种连接土地和心灵的诗歌。阅读诗歌就是在欣赏一道道古朴而美丽的风景。

布谷一声春水生

——李缯《晓步》散读

春天的早晨总是美丽迷人的,一场新雨滋润你的心灵,一朵山花灿烂你的笑容,一声鸟鸣唤醒你的记忆,一只蝴蝶飞扬你的激情,春天的景色纷至沓来,让人目不暇接,心醉神迷。这就是宋代诗人李缯的小诗《晓步》呈现给我们的画面。诗歌只有简简单单的四句——

晓步闲随蛱蝶行,村南村北新雨晴。山花野草自幽意,布谷一声春水生。

早晨散步,应该是清静的,特别是诗人一个人围绕山村走走停停,停停走走,应该有许多发现吧。无人打扰的宁静,雨后清新的空气,山村如画的风光,凡此种种,无不令人心旷神怡,怡然自乐。这首诗,描写诗人山村早行的见闻感受,表达了一种幽静、闲适的生活情趣,抒发了诗人对美好春天的热烈赞美之情。

早晨,诗人兴致勃勃漫步田间地头,首先闯入他眼帘的是几只快活的蝴蝶。它们三五成群,结伴飞行,在空中飞舞,画出优美的弧线;在花上小憩,站成美丽的风光。时而飞过田园,时而飞过小溪,时而飞上树梢,时而飞过山岭,高低起伏,自由自在。这一地金黄灿烂的油菜花属于它们,它们是美丽的;这一方静谧清新的天空属于它们，它们是自由的；这一个古朴宁静的村庄接纳它们，它们是快乐的。诗人和它们一样快乐，视线随它们移动，步伐随它们变化，忽快忽慢，忽左忽右，蝴蝶走，诗人也走；走过田埂，走过小桥，走过油菜花，走过芳草地，满眼的春光，满心的欢喜。诗人陶醉在这一片春天的风景之中，蝴蝶是娇小玲珑的，它们飞舞的姿态很优美；蝴蝶是轻盈灵慧的，它们不时在诗人面前俏皮地打个招呼。诗人呢，也像一个淘气的小孩子，跟踪蝴蝶，一路嬉戏，真是太有意思啦。蝴蝶的翩翩起舞捎来了一个美好的春天。

早晨的空气格外清新，特别又是一场新雨过后，天空放晴，草尘上还挂着晶莹的露珠，树叶在旭日的映照下闪闪发光，诗人沿着乡村小路，缓慢前行。远处是一幅幅清新亮丽的青山剪影，回首山村，一派宁静，一派清明。空气清爽，纤尘不染，道路干净，花草精神。诗人信步来到一处山岗，几丛野花含苞绽放，娇艳迷人，遍地青草含绿吐芽，鲜嫩可爱，它们也有生命，它们也爱春天啊。你看，春雨滋润，春气回暖，它们就急不可耐地生长了，开放的开放，吐芽的吐芽。山花绽放亮丽的色彩，灿烂了诗人的眼睛；野草吐露活泼的生机，温暖了诗人的心灵。它们长在山岗沟谷，不为人知，不图扬名，逢春而至，焕发生机，既悠闲自得，又美丽动人，既随遇而安，又活力无限。诗人由此似乎感悟到了什么，花草如人，人是花草，天地之间，草木有情，这些依山而居、日出而作、日落而息的人们不也像这山野花草一般自由而快乐吗？

春天是蝴蝶的，春天也是满山花草的，春天更是布谷鸟的。听，布谷鸟叫了，正当诗人流连花草、饱览春光的时候，几声婉转动听的叫声从树枝上传来，诗人寻声望去，却又不见布谷鸟的身影，大概是因为这山野沟谷之地太幽静了，从来没有人来打扰，如今突然闯进了陌生的诗人，鸟儿害怕生疏，远远躲藏了吧，不然，要是好朋友，非常熟悉的面孔，它们肯定热烈欢迎的。诗人在寻找，尽管暂时找不到，但他知道，这些叫声是信号，无异于告诉人们，春天到了，山里人该要开始春耕了，翻土、除草、耕田、播种……一年最忙的时候又将到来，一年之计在于春，希望即将开始，有什么理由不高兴呢？诗人打心里喜欢这响亮的叫声。同时，他还看到，山溪涨水，汩汩流淌，犹如一首活泼欢快的乐曲，给幽静的山谷增添了生机，这是山泉，这是春水，流出山林，流向田野，给人们送去希望，送去生机。实在应该为这动听的鸟听，这欢快的流水而欢呼，而鼓掌啊！

　　一次散步，与蝴蝶同行，与花草作伴，放眼欣赏山野风光，张耳倾听布谷歌唱，让花草绚烂心情，让布谷歌唱希望，这就是诗人李缯一个初春早晨的发现。诗人是幸运的，那个山村，那个早晨，他是第一个发现春天的人。

花落柴门掩夕晖

——周敦颐《题春晚》散读

读边塞诗，让人心潮澎湃，热血沸腾；读山水诗，让人气定神闲，赏心悦目。北宋诗人周敦颐的《题春晚》是典型的山水诗，涵咏品味，让人心神平和宁静，让人思绪缥缈幽深，让人灵魂充实愉悦。诗歌是这样写的——

花落柴门掩夕晖，昏鸦数点傍林飞。吟余小立阑干外，遥见樵渔一路归。

题名《春晚》二字，语涉双关，一指暮春时节，花事阑珊；二指夕阳落山，乡村向晚。诗人置身乡村，饱览春色，触景生情，有感而发，挥笔写下了这首风景如画，情意悠长的小诗。美丽赞叹当中有惆怅伤感，淡雅素静之下蕴含隐隐心曲。

乡村的黄昏祥和宁静，风光如画。夕阳落山，余晖晚照。柴门静穆，无语斑驳。落花满地，飘香阵阵。点点寒鸦盘旋在村庄上空，不时投林归巢，不时惊叫起飞。整个山村呈现出一派幽静、安宁的氛围。各家各户，炊烟袅袅。大路小径，牛羊归圈。劳动了一天的人们，三三两两陆续回到自己的家园。诗人欣赏眼前这幅优美如画的风光，诗人热爱这种和平安宁的生活，诗人更向往这片简单纯粹的乡村天地。

画面有动有静，层次有远有近，描绘有声有色，情思有喜有忧。几个意象并置传达丰富情韵。"柴门"，指主人就近取材，简单编织，随意制成的木门，至简至陋，几近寒伧，可是它苍古素静，斑驳零落，接近生活的本色状态，彰显主人的脱俗情怀。没有豪门大户的雕梁画栋，彩绣辉煌，没有朝堂衙署的庄严肃穆，凛凛生寒。有的是朴拙随意，简单本色，有的是风雨沧桑，伤痕斑斑，有的是静默无语，淡雅不俗。早晨打开它，迎来旭日东升，青山妩媚；傍晚关上它，掩没余晖脉脉，青山隐隐。一开一合，风光变幻，引人入胜。一扇门将诗人关在山里，拒绝了山外的纷尘扰攘，屏蔽了官场的富贵功名，模糊了世俗的尔虞我诈，可谓关门闭户成一统，管它荣辱与兴衰。古人作诗，多用"柴门"，情韵相随，文化相因，自有意趣。杜甫《羌村三首》诗云："柴门鸟雀噪，归客千里至。"有山寨村落，蓬门荜户，才有山鸟相亲，欢欣鼓舞。柴门和鸟雀，一静一动，相映成趣。刘长卿《宿芙蓉山主人》云："柴门闻犬吠，风雪夜归人。"皑皑白雪，凛冽寒风，掩盖不了柴门犬吠的温馨热情。风雪再冷，深山再深，永远有一扇门为陌生的山行者打开，为勤劳的主人家预留。柴门折射出温情和安宁，犬吠透露出欢喜和欣慰。柴门退去了浮华躁动，退去了世态炎凉，淡雅，朴拙，素静，安宁，隐隐透露出诗人守拙归山林，心远地自偏的情怀。落花，置于暮春，伴着春风，有落红无数、静谧无声的美丽灿烂，也有凋零破碎、香消玉殒的苍凉无奈，欢喜与忧伤并存，美丽与飘零同在，落花不是无情物，化作相思缕缕魂。昏鸦，投林归巢，嘎嘎飞鸣，似在呼朋引伴，似在欢欣鼓舞，点点身影，萦绕林梢，空灵轻盈，生动活泼。夜的黑暗因鸦的出现而增添几许生机，春的消逝因鸦的飞鸣而唤发活力。唐代诗人王籍诗云"蝉噪林愈静，鸟鸣山更幽"，这里，周诗人以薄暮时分鸦飞鸦鸣，反衬山村的静谧深邃，更见乡村的安宁祥和。值得品味的是，古来乌鸦，有两种截然相反的情味。"小桥流水人家，枯藤老树昏鸦"，乌鸦投巢，依人而居，静谧祥和，充满诗情画意。鲁迅小说《药》结尾描写坟场乌鸦——"两人站在枯草丛里，仰面看那乌鸦；那乌鸦也在笔直的树枝间，缩着头，铁铸一般站着……他们走不上二三十步远，忽听得背后'哑——'的一声大叫；两个人都悚然地回过头，只见那乌鸦张开两翅，一挫身，直向着远处的天空，箭也似的飞去了。"其形丑陋，其声凄厉，预示不祥，带来凶险，有力地烘托出上坟老人失去爱子的心灵剧痛。周敦颐诗中写鸦，不见寒凉，不闻凄厉，反添生趣，倍显空灵，可见诗人爱屋及乌，爱村及物。诗人的赞美、欣赏之情，倾注于不动声色的素描之中，可谓大家手笔，细处运思。总之，两句之内，意象并列，繁密错杂，烘染乡村的宁静深远，传达诗人的热爱、赞美之情。

　　乡村的人们闲适自由，无牵无挂，活出了自在自为的本色，活出了有滋有味的人生。樵夫、渔人，早出晚归，依山傍水，不叫苦叫累，不劳心劳神，寄身山水，亲近自然，活得滋润，活得潇洒，这令诗人心向神往，所以，我们看到诗中，由远至近，樵夫渔人身影渐渐高大，容貌渐渐清晰，沐浴夕晖，定格画面，永远嵌在诗人的心中。对于樵渔之人，要作两层区分，若从惯常意义上理解，则是指日出而作，日落而息，辛苦劳碌，奔波生计的农人，劳心又劳力，繁重又艰苦。若是从诗人的角度来看，从传统诗词中的文化沿袭的角度来看，则是隐逸生活的象征，他们与山林为友，与花草为伴，投身自然，放浪形骸，自由无碍，无牵无挂，视功名如粪土，视官场为陷阱，心性高洁，情趣高雅，活出真我，活出精神，的确令人羡慕，令人向往。诗人只见渔樵，不见别人，其实是大有深意的。樵夫渔人的家在山居村落，诗人的心志向往也在山居村落，所以诗人流连风光，沉醉不醒，所以诗人要鸣诗作歌，一唱三叹。他赞美宁静如画的山村风光，他赞美简单纯朴的樵夫渔人，他向往这种与世无争，清洁不俗的山里生活，他抒写这份远离尘俗、率真质朴的人生情怀。对于诗人来讲，每一个山村都是家园，每一片风景都写满向往。

因此,我们看到,余晖之下,阑干之外,一个身影独自徘徊,脚下落花满地,身后柴门斑驳,天空归鸟投林,远处樵渔回家,一幅静谧深远的风景画,一个潇洒出尘的山居客。他的站立,增添了风景的活力;他的吟咏,唤醒了疲惫的心灵。我们欣赏那个暮春的黄昏,我们欣赏诗人一身的诗意。

啼鸟不知春已老

——游九言《溪上》散读

喜欢一首诗是喜欢诗中那方山水，那份情趣，那份心灵天地。宋代诗人游九言的小诗《溪上》为我们描绘了一个幽深宁静、不为人知的山居世界。我每每捧读，总是浮想联翩，神思千里，心灵变得空旷澄明，精神变得清爽洁净，情感变得愉悦舒畅。游九言用清新空灵的文字为我们展示了一种幽雅脱俗、生机盎然的山居情趣。诗歌是这样写的——

烟开晓日照溪头，溪上人家岸下舟。啼鸟不知春已老，数声自喜碧岩幽。

山里的早晨，雾气弥漫，树影朦胧。太阳慢慢升起来，驱散了霭霭水雾，灿烂了一溪山泉。林间洒下斑斑驳驳的碎影，晃动着星星点点的光亮。清溪之上，波光粼粼，闪闪发亮，流淌一溪空灵，也流淌一溪光亮。岸上不多的几户人家炊烟袅袅，静默无声。岸下仅有的几条小船，维系老树，横卧溪畔。渔家农户，绿树清流，沐浴在暖和的阳光中。一切风景如诗如画，历历可睹。人家依山傍水，远离尘嚣，自成天地，不问世俗功名，不管荣华富贵，与树为邻，与水为伴，日出而作，日落而息，日子过得真真实实，却也舒舒坦坦。想想看，抬头是日出峰峦，金光灿烂，低头是泉出山谷，潺潺流淌，远眺是峰峦秀丽，翠色迷人。闯入眼帘的都是风景，闯入心灵的都是诗画，这方天地，何等清明，何等诱人，何等自由！小舟静卧溪畔，无语千年，它在等待渔人出行？它在等待诗人回家？它在等待姑娘浣纱？它要等待多久？它又已经等待了多久？它无声无息，一动不动，沐浴着阳光，沐浴着清流，朴拙而本色，宁静而悠闲。它是自由的，和山里人家一样融入了这片天地；它是沉静的，沉静得可以闻出一种故老的气息。它没走过大江大河，没见过彩船画舫，没看过达官显贵，没听过管弦丝竹。它的天地就是一方山谷，一溪清泉，一山翠绿。渔家农户离不开它，诗人墨客迷恋它。划一叶轻舟，沐徐徐清风，随潺潺溪流，诗人可以到达他想到达的彼岸家园。

渔家的宝贝是小舟，诗人的最爱是清流，山谷的精彩数鸟啼。山里的鸟儿不知道山外的春天就要消逝了，几声啼叫，惊破了碧绿山涧的幽静。唐人王籍有诗"蝉噪林愈静，鸟鸣山更幽"，同样，游诗人这里写鸟啼几声，清脆悦耳，更是反衬出山谷的空旷幽静。沟谷山涧，绿树丛生，藤蔓披拂，几多清静，几多幽远！鸟啼几声，化静为动，倍添活力，更见风采。一个"破"字，传出悠悠余音，平添深深宁静。唐代诗人柳宗元有诗："烟销日出不见人，欸乃一声山水绿。"（《渔翁》），青山绿水之中传来橹桨欸乃之声，悦耳怡情，山水似乎变得更为清明可爱，更为精彩动人。同样，游诗人写山谷鸟啼，从绿树空山传来，从碧岩幽涧传来，入耳入心，怡情怡志。有鸟现身，有声如此，深山更深邃，空谷更幽静，诗人的赞美之情，向往之意，一并托出。山里春色正旺，诗人满心欢喜；山外青山已老，诗人委婉叹惜。"老"去的是春天，是美好景色，是青春年华，是如水流年，留也留不住，挽也挽不回，除了叹惋还是叹惋。只可惜这番心思感慨，鸟儿不知，外人不知，山里人也不知。只有诗人心思细密，耿耿于怀。是的，山里的鸟儿只唱山里的歌，它不懂也不需要懂得山外的灯红酒绿；山外的俗人只过山外的世俗生活，他们不具诗心不懂诗情，他们不会像诗人那样多愁善感，触景生情，他们是外人、世俗之人，不懂山里的诗意，不懂诗人的内心，不会欣赏山里的春天。这份美好生机，这份天然自在，这份诗情画意，只属于啼鸟，只属于诗人。

山外的世界很无奈，山里的世界很精彩。一脉清泉穿山走林，潺潺向前，叮咚作响。一轮红日冉冉升起，驱烟散雾，灿烂山林。几户人家依山傍水，静立无声。几条小船横卧溪面，自在悠闲。几声鸟啼清亮悦耳，传响山谷。春天永驻山中，春意活跃诗心，自由与山水同在，诗情伴炊烟升腾。还有什么比这方天地更引人入胜呢？

溪上流淌春意，鸟声唤醒山林。

儿童误认雨声来

——杨万里《闲居初夏午睡起二绝句》（其二）散读

诗人之所以成为诗人，原因之一是能够保持一颗天真活泼、快乐无忧的童心。和儿童在一起，诗人永远是孩童，所言所语，所行所为，无不流露孩童情趣。宋代诗人杨万里的绝句《闲居初夏午睡起》就描绘了大诗人与儿童一块嬉戏、玩耍的快乐情景，读之轻松活泼，思之心灵舒展，真有返老还童、幸福无比之感啊。诗歌是这样写的——

松阴一架半弓苔，偶欲看书又懒开。戏掬清泉洒蕉叶，儿童误认雨声来。

标题《闲居初夏午睡起》，为全诗奠定感情基调，初夏日长，烈日炎炎，诗人闲居在家，无所事事，心绪困倦，常常午睡，这首诗就是描写诗人午睡刚起、戏弄儿童的内容，意态闲适慵懒，自得其乐，情趣活泼风趣，令人捧腹。还是请看诗歌内容吧。

初夏正午，烈日当空，炎炎似火，可是，诗人躲进小院，午睡松阴，倍感清凉。庭院虽然不大，却载满了花草树木。青松挺立，翠叶如盖；枝叶掩映，浓阴匝地；花朵绽放，争奇斗艳；青苔伏地，星星点点；芭蕉伸展，满目碧绿；老井清泉，冷冷清清。阳光透过枝叶映射下来，在地面上投下零零碎碎的光点。整个庭院呈现一派清幽、宁静的氛围。诗人刚刚午睡起来，到庭院里走一走，伸几个懒腰，打几声呵欠，抖擞抖擞精神，活动活动筋骨。搬来一张竹椅，准备坐下，好好看一下午的书，可是，清景宜人，清凉爽心，想看书却又懒得将它打开，就那么坐着，任思绪悠悠，任意态恍惚，暂且消受一下这午后的清凉吧，暂且观赏一下这幽静的景色吧。诗人的心情是宁静的，淡定的，诗人的神态是慵懒的，倦怠的，他需要短暂的调适，这一院的清幽足以让他沉心静气。"松阴一架"，有形有态，有质有感，勾勒画面，诱人联想，引人入胜。松阴铺满花架，地上花朵盛开，鲜艳夺目，树上浓阴蔽日，一派碧绿：光色辉映，浓淡相宜，营造一个清幽和谐的意境。再说，一架"松阴"这种超常搭配也新人耳目，意趣多多。说"松阴"应为"一片"或"满地"之类的表达，"一架"则一见松阴农密，二见花架布局，表明诗人的闲居生活有滋有味，精致高雅。"半弓苔"，五尺为一弓，言"半弓"，极言苔藓面积之小，小巧玲珑，青绿可爱，注满了诗人的怜惜呵护之情。另外，青苔的出现又表明诗人远离世俗，疏于交接，几乎是过着一种淡泊宁静，逍遥自在的隐居生活。一个人沉浸在自己的天地里，以青松作伴，以书本为友，与青苔晤谈，孤寂也清闲，倦怠也快乐。

也许是诗人觉得精神低迷不振，心绪沉寂烦闷，他想要摆脱这种状态，他想要给幽深宁静的庭院增添一点生动活泼的气氛，于是，竟然童心勃发，故意戏掬清泉洒向芭蕉丛中，顿时，一片"蓬蓬"响声，吓得正在玩耍的群童愕然四顾，转身逃跑，他们误以为变天下雨了！诗人看着他们吃惊失措的表情，狼狈逃跑的样子，开心地笑了。这一"笑"，笑出了孩子们的天真无邪，也笑出诗人的浪漫童心。诗人不是要欺骗孩子们，他喜欢他们，他经常和他们一块玩耍，儿童能够给诗人消愁解闷啊。孩子们呢，也喜欢到诗人的庭院来玩，你看，玩得多专注，多开心，以至于"蓬蓬"几声，他们就以为是大雨来临，惊慌逃跑！另外，全诗当中，诗人的生活当中，我们只看到孩子，一群纯洁无瑕、活泼天真的孩子，我们看不到达官显贵，看不到凡夫俗子，看不到门庭络绎，这其实也从一个侧面说明，诗人的性情素朴清洁，高雅不俗。诗人的心性，犹如清泉，纤尘不染；犹如童心，天真烂漫。他和孩子们交朋友，他和孩子们玩成一片，他从他们天真无邪的目光中读懂了人生的真谛，明白了快乐的原因。

是的，天下所有的孩子都一样可爱，天下所有的诗人都一样爱孩子。杨万里只不过随意和孩子们开了一个玩笑，在心绪不佳的时候，在孤寂难宁的时候，孩子们带给他的是阳光般透明的快乐，清泉般空灵的天真。面对童心天性，我们还奢谈什么名利、富贵呢？

辑二

畅游风月

人生有幸识风月

——许安仁《梦中作》

俗话说,日有所思,夜有所梦。梦是现实的曲折反映,人生许多苦恼,许多困惑,在现实生活中也许无法觉悟,无法解决,但是在突如其来的梦境中,往往会有意外的惊喜,梦境可以帮助我们摆脱苦恼,解答困惑,梳理感情。执着现实而不能自拔,顿悟于梦境而坦然通达,这样的情景常常体现在诗人的创作中。宋代诗人许安仁的诗歌《梦中作》是一首记梦诗,也是一篇人生感悟,梦中的顿悟,让我们明白生活的真谛和人生的归宿。诗歌是这样写的——

山色浓如滴,湖光平如席。风月不相识,相逢便相得。

关于这首诗的诞生,宋代一个叫许凯的学者在其著作《彦周诗话》中有一段记载:"季父仲山,病中梦至一处泛舟,环水皆奇峰可爱,赋诗云:'山色浓如滴……'既寤而言之,后数日卒。"如此颇具神话色彩的记载给人容易造成一种感觉,似乎这首诗就是一位老僧圆寂前的偈语,也像是一个人在超脱前对人生万事万物的回顾与感悟,因而,诗作对于人生具有某种永恒至深的启示意义。

山峦起伏,连绵不断,树林苍翠,浓艳欲滴;月光如水,静静流泻,湖光平静,光洁如席。诗人泛舟湖面,沐浴皎洁银辉,接纳习习山风,仰观星光灿烂,银辉四射，俯察静影沉碧，青山如画，心情畅快、舒适，心胸豁达、开朗。人世间的利欲荣辱，官场上的钻营拍马，浊世中的乌烟瘴气，全都烟消云散。诗人的心空像明月一般洁净空灵，像湖水一般清澄透明，像青山一般清新朴素。现实中不想做的事，在这里可以统统不管，现实中想做而不能做的事在这里可以放胆一搏。梦中的诗人是自由的，行于所行，止于所止，从流飘荡，任意东西，无牵无挂，无拘无束；梦中的诗人是高洁的，脱尽庸俗，退尽贪念，摒弃功利，拒绝污浊，找回了自我，找回了真情；梦中的诗人也是浪漫的，以轻舟为家，与明月为伴，与青山为友，沉迷山水，留恋自然，尽情尽兴，吟咏成章。不须醒来，无须打扰，就这样，让心灵陶醉风月，让性情轻舞飞扬。这个梦，陶醉诗人，也吸引千秋万代的读者，因为，从内心讲，我们的家园在远方，在梦中，不在充满无奈和困扰的当下。

梦中诗人不但游山玩水，逍遥自得，而且还有心灵的感悟和人生的反思。诗人觉得对于风月，对于自然，以前是忙于生计，迫于压力，屈服现实，心力交瘁，无暇他顾。今天，现在，梦中，可是真正相识，真正体悟，不需要开口说话，青山是一位静默的朋友，不需睁眼搜索，满目皆是秀丽风景，不需张耳聆听，天籁之音就是绝美的音乐。只要用心凝神，只要超脱尘俗，只要回归真性，人就能在山水中找到家园，获得慰藉。天地山川，花草树木，虫鱼鸟兽，沙砾泥土，无一不具性灵，无一不含气韵，相逢相知，灵犀相悦，人啊，来自于自然，也终将回归自然，很多东西前世带不来，很多东西今生带不走，活着不也就应该轻轻松松，自自在在吗？一朵花不慕名利，一片云不想衣裳，一株树不求高位，一尾鱼不图荣华，他们都活得自由自在，活得有滋有味，人不也正要这样生活吗？早先，太不谙人生，太不解世情，劳心劳力，汲汲荣华，孜孜功名，到头来竹篮打水一场空，千不值万不该啊！倒是寄情风月，投心山水，安顿心灵，飞扬性灵，活出真我，活出风采，那才是真正的人生，潇洒的人生啊！

　　一个梦也许转瞬即逝，一片云也许随风飘散，一朵花也许很快凋谢，但是，我们相信，美丽永恒，精彩永恒，真谛永恒。从这个梦中，诗人认识了人生，反思了自我，也觉解了真谛；而我们活在现实困苦不堪的人们，不知有多少还在摸爬滚打，苦苦拼杀，外面的世界很精彩，但是，不属于我们，内心的安宁和愉悦才是最大的幸福，纯美的风月才是我们为之追求的最佳风景。

杖藜携酒看芝山

——刘季孙《题饶州酒务厅屏》散读

诗人总是以童心来观照自然，大至日月星辰，江河湖海，小至花鸟虫鱼，绿树红花，万物有灵，生命相通。对一朵花微笑，向一株草行礼，听梁间燕子呢喃，观落霞孤鹜齐飞，凡此种种，莫不入诗，莫不展示诗人的赤子情怀和童真眼光。读宋代诗人刘季孙的小诗《题饶州酒务厅屏》就给人这样一种印象：人世间名缰利锁，多如牛毛，蒙蔽了人们的双眼，玷污了人们的心灵，没有人能够静下心来去亲近自然，没有人能够认真聆听心灵的声音；诗人不同，诗人和自然打成一片，和花鸟草木做朋友，他们懂得身边这个世界，他们倾情观照自然万物。全诗是这样写的——

呢喃燕子语梁间，底事来惊梦里闲？说与旁人浑不解，杖藜携酒看芝山。

一、二句写梦醒。本来诗人酣眠久睡，美梦连连，悠闲自在，无拘无束，没想到屋梁上的一双燕子呢喃轻谈，惊醒了诗人的美梦。诗人不解，诗人惊讶：你这小燕子，叽叽喳喳，打扰我的休息，破坏我的清梦，烦不烦呀？这么早，你们就把我吵醒了，到底有什么事啊？燕子不理，燕子不答，任诗人生气，任诗人嗔怪。诗人遇到这样的情况早已不是头一回，可以想见，诗人的生活离不开这些淘气调皮的小精灵,它们的筑巢梁间,呢喃细语,它们的飞进飞出,时高时低,它们的相亲相近,不避主人,诗人早已习惯了,早已把它们视为自己生活中重要的一员,朋友或是亲人,一点也不陌生,一点也不冷淡,人与燕像家人一样和睦相处。今天,遇到这种被惊醒的情况,只不过是极平常、极普通的一幕而已。嗔怪当中有怜爱,埋怨当中有亲近,诗人直接对话燕子,视燕为友,展示了童真雅趣,流露出闲适意绪。一"语"道破天机,燕子不会说话,只有人才会说话,可诗人偏偏说,两只燕子热烈倾谈,因为在诗人看来,它们也是懂情趣,有性灵的生命,更是和诗人性情相通的朋友,它们高兴,诗人也高兴,他们说什么,诗人也意会到什么。一"问"穷究根底,问燕不可,问燕不答,无须去问,诗人不可能不知道,可是他偏偏要问,而且问得有情有意,追根究底,紧抓不放,似乎抓住了调皮的小燕子不放,一定要理会清楚才善罢甘休。你看,好笑不好笑,和一只燕子较真,这就是诗人啊!

三、四两句写诗人的会心解意,没有辜负小燕子的声声呢喃。诗人告诉小燕子,小燕子呀,你们的谈话,就算讲给旁人听,也一定不能了解,只有我懂你们,只有我知道你们为什么这么早就催我起床了……不多说了,我这就拄着藤杖携带美酒,去观赏那春日的芝山,可别忘了,你们也要和我一道去呀!"旁人"不解,"旁人"是谁?他们为什么又不解?"旁人"应该是指那些奔波红尘,钻营利碌,双眼蒙尘,双耳纳垢,心灵不洁的世俗之人。没有一颗宁静纯洁的心,没有一份亲近自然的情,怎么能够听得懂自然的声音呢?诗人和他们不一样,淡泊名利,纵情自然,听燕子呢喃,看芝山落日,拄藤杖漫步,携家酒助兴,以自然为友,视生灵为伴,活得潇洒,活出了性情。"旁人"的不解与诗人的会意,形成强烈的对比,凸显诗人亲近自然,欣赏自然,闲适自得的生活情趣。

全诗来看,一、二句设问,问得不是对象,不是时候,也无头无脑,可又问得执着,问得天真,问得坦率,问出了性情,问出了意趣。三、四两句作答,斥"旁人"不懂以见自己领悟之深,不随波逐流凸显自己清雅绝俗。爱自然,爱山林,崇自由,尚性情的心声展露无遗。问答成诗,一派天真!世间诗人,童心永存!

春风桃李油菜花

——张伟《马塍》散读

春风浩荡，染绿大地，催开百花，可谓胸怀坦荡，博大无私。所有的生命都一样地呵护，所有的花树都一样的吹拂，大爱无疆，万物平等，春风是博爱天使，春风是平等的化身，春风是公平的写照。这就是宋代诗人张伟的诗作《马塍》所描绘的春风形象，崇高而伟大，仁慈而正义，诗歌是这样写的——

水拍田塍路半斜，悄无人迹过农家。春风自谓专桃李，也有工夫到菜花。

标题《马塍》是一个地名，南宋时杭州西湖某地，以花卉园艺著称，是富贵阶层、有闲一族游冶玩乐之地。据题推诗，作品应该是花费大量笔墨来描绘马塍花市的繁华盛况吧，但是，读完全诗，读者就会明白，诗人的巧妙构思不在此处，而是言些意彼，别有寓托。且让我们来品味诗作内容吧。

诗人描写马腾花市，多是"暗物处理"，虚写一笔，明言"马塍"，让人联想到花市，游人如织，络绎不绝，花色纷繁，艳丽多彩；轻点"桃李"，暗示春风吹拂，百花吐艳，桃树、李树，你不让我，我不让你，都开满了花儿，赶趟儿似的，姿色俊俏，模样迷人。马塍花市，活色生香，溢彩流光，万众瞩目，天下闻名，这是铁板钉钉，不容置疑的事实，诗人只用简单几个词语就明晰地表达了这个意思。

诗人运笔的重心在于油菜花开，可谓层层铺垫，烘云托月。先说自己的行踪路向，渠水轻轻地拍打着田埂，田间小路歪歪斜斜，逶迤延伸，诗人沿着悄无人迹的小路，来到一处偏僻的农家。再说自己的惊人发现，诗人惊奇地发现，春风尽管独自垂青了桃花李树，也花足了功夫催开了这一片片的油菜花。你看，油菜花，开在农家乡野，开在偏僻少人的地方，不是繁花闹市，不是园林花苑，要走过一些弯弯曲曲的小路，要经过大片大片的田园，要来到偏僻幽静的农家，才能看到成片成片的油菜花。这些油菜花，在浩荡春风吹拂之下，竞相绽放，金黄灿烂，震撼人心！偏远之地，花开茂盛，少有人知，少有人赏，但是，花儿照样纵情绽放，光色照样艳丽迷人，无哗众讨宠之意，有自开自放之心，无趋炎附势之态，有吐艳扬芳之姿，无庸常媚俗习气，有自然质朴之美。看花就要到乡间野外去，看花就要到田间地头去，自然之花，洁净之花，僻静之花，金黄灿烂之花，生机勃勃之花，最美丽，最动人。我多年生活在城市闹区，工作在围墙大院之内，整天和书香文字打交道，常常感到精神委顿，心力交瘁，也常常忙里偷闲，邀上几个朋友，到城郊乡村走一走，到深山人家访一访，看天空河流，看花开草绿，听鸟语花香，让心灵休息，让性情飞扬。那些灿烂油菜花啊，一大片一大片，铺满田园，铺向天边，别提有多高兴，有多幸福了。自然，野趣，生机，活力，辽阔，金黄，清新，芳香……人世间这些美好的词语都属于油菜花，都鲜活地存在于乡间。

宋人作诗，多含理趣，这首诗亦可如此解读。你看，春风无私，毫无偏心，呵护所有的花朵，呵护所有的生灵，不管是人如潮涌，车水马龙的马腾胜地，还是人迹罕至，门可罗雀的农家小院，不管是桃花李树还是油菜小草，都一样沐浴春风，都一样迎春绽放，都开得欢畅，开得艳丽，开得生机勃勃。诗人调侃春风，虽然对桃李情有独钟，但是也不嫌弃农家菜花，一样地热心关照，一样地下足功夫，一样地催开美丽，春风是公平正直的化身，她不因桃李名贵而冷落农家菜花，它不因马塍名胜而忽略乡野人家，它不因花木品种不同而略有偏心。春风是伟大的，抚爱万物，一视同仁；春风是崇高的，无私无怨，奉献爱心。是的，在春风的吹拂之下，每一朵花都一样美丽，每一个生灵都一样可爱。人间亦有春风母爱，所有的母亲都是春风，所有的母亲都爱孩子，所有的孩子都无比可爱，所有的爱都是平等的。

　　这是理想还是诗意？是现实还是历史？诗人不说，但是，每个人都有自己的回答。

卧看江南雨后山

——吕希哲《绝句》散读

诗歌可以养眼养心,怡情怡性,山水入诗,人生入歌,如诗如画,赏心悦目。好的诗歌可以帮你洗涤尘埃,消除疲劳;可以帮你摒除杂念,安顿心灵;可以帮你参破人生,真心生活。在我看来,宋代诗人吕希哲的《绝句》就是这样一首点醒人生,顿悟生活的佳构。诗人做过官,经历了官场的尔虞我诈,升降沉浮,看透了政治腐败,社会的黑暗和官场的污浊,他想找到一个地方来安身养心,提神振气,他向往无官身闲,无事心轻的生活,他不希望整个一生耗在官府,心力交瘁,困苦不堪。退休后,他终于如愿以偿,过上了清闲自在,旷达自乐的日子。诗歌就表现了这种生活感受。

老读文书兴易阑,须知养病不如闲。竹床瓦枕虚堂上,卧看江南雨后山。

诗人坦言,混在官场,年久月深,及至暮年,还是照样应酬来往,批点公文,总觉得身心劳累,兴味索然。有个时候,真想大病一场,卧床不起,这样就可免去案牍之灾,身心相对安闲。虽然有病在身,毕竟可以安心休养,不去搭理官场公务啊。这是两害相较取其轻的权宜之计,这是万般无奈的愤慨之举,这也是老于官场,厌恶公事的肺腑之言。当然,诗人不是想生病,不是一定要靠生病这种方式来折磨自己。对于一个久经官场，疲于奔命的诗人来说，能够全身而退，颐养天年，那可是最幸福、最快乐的事情了。诗人赋闲家居，养花植草，观云看水，门前花开花落，天外云卷云舒，天地辽阔高远，心神自由旷达，再也不用去算计功名，再也不用去应酬公务，再也不用去同流合污，日子过得多么轻松、省心，世界多么单纯，宁静！可以"调素琴，阅金经，无丝竹之乱耳，无案牍之劳神"，可以"采菊东篱下，悠然见南山"，可以对酒当歌，啸傲山林……只要不做官，只要不与污浊官场来往，退下来的生活，你能想象有多美好就有多美好，你希望有多舒坦就有多舒坦。诗人就希望一个字——闲，无官一身轻，无事一心闲！

　　如何闲？怎样的生活才叫"闲"呢？诗人天真地设想，拥有一栋宽敞清静的居室，安置一副清凉宜人的竹床瓦枕，卧看江南雨后的青山。请注意诗人对这种生活的苦心营构和精准描绘。竹床自然凉快，可以清热退暑，定心宁神。瓦枕，是陶制的枕头，朴实简易，清凉爽心。"虚堂"双关，意味深长，一指居室宽敞，空阔疏朗，窗明几净，纤尘不染；二指诗人心境纯明，胸怀宽广，无凡俗杂念，无功名利欲，无浮躁纷争，无愤愤不平，一切归于宁静，一切归于坦然。诗人面对生活，面对人生，能够平和达观，能够洒脱超越。官场的是是非非，恩恩怨怨，全忘掉；人生的起落跌宕，荣辱得失，全忘掉。活在当下，活在真我，活在山水，心宽容纳天地，情深纵横山水，这就是诗人的胸襟气度，似虚而实盈，似简而实深。卧看青山，自然是高枕无忧，性情浪漫，同时也看出诗人的随遇而安，知足常乐。看山看水，看云看雾，有多种角度，多种看法。但是，我认为，吕希哲的"卧看"最新鲜，最奇特，最悠闲。雨后青山，当然是明媚生辉，亮丽眼目，峰峦叠翠，碧空如洗，天地空明，万物清新，何等明丽的世界，何等蓬勃的生机，何等宽阔的胸怀。一位诗友说过，雨后青山像良心一样清明，像眼睛一样温柔，我相信，吕诗人应该从青山如画，天地纯明中读到了人生的博大浩荡和高洁空阔，心与青山明，情同风雨生。

  一种生活也许平平淡淡，波澜不惊，一种人生也许普普通通，毫无悬念，但是，我相信，只要真心接纳，真情投入，平淡当中有真味，普通之外显真情。吕希哲退出官场，投身山水，倾注真情，放纵心灵，才看到流光溢彩的自然，才找到精神栖居的家园。那么，今天的我们，达官显贵也罢，芸芸众生也罢，在这个红尘滚滚，欲海滔滔的社会，又该如何生活呢？再忙再累，再苦再乐，找点时间，注目青山绿水，聆听内心声音，或许是一条途径。

不知多少夜来雨

——谢谔《鳌溪》散读

诗人笔下的溪水,从来都是一面镜子,可以倒映蓝天白云,红花绿树,也可以透视心灵光影,生命精彩。读宋代诗人谢谔的小诗《鳌溪》我就有这样的感觉。诗中无人,但诗外有心;诗不言志,但惹人联想。诗人之高明在于通过一组山溪画面的描绘,展示大自然的独特景观,倾注诗人的审美情趣,凸显大自然的蓬勃生机,给人以享受,给人以回味。诗歌是这样写的——

数板小桥横晚晴,两行古木弄春荣。不知多少夜来雨,水到岸头浑欲平。

第一幅画面,是板桥横卧。于夜色苍茫之际,于暮雨初晴之时,几块木板随意拼成的小桥,横卧在山溪之上。画面幽静深远,格调精致古朴,颇能引发读者的悠悠古韵。板桥,是一个文化词汇,积淀了诗意,语自晚唐诗人温庭筠《商山早行》——"鸡声茅店月,人迹板桥霜。"你看,大清早,鸡叫三声的时候,残月还挂在清冷的树梢上,行人就要翻身起床,备马赶路了,风霜斑驳的板桥上,留下了一道道轻浅的脚迹,多么辛苦,多么艰难。自从温诗人用了"板桥"之后,后人作诗多用"板桥",其间有一种诗意一脉相传。清凄、古拙、朴实、粗糙、自然、平实,充满了自然静谧,充满了风雨沧桑。谢谔诗用"板桥",意在突出它的自然，随意，静谧，幽远。"横"字更绝，让人想起"春潮带雨晚来急，野渡无人舟自横"的佳句来，写桥的宁静、朴拙，写桥的沧桑、浑厚，有野趣，有韵味，增强了画面的闲适、静谧氛围。"晚晴"，不纯粹是交代时间，它暗示这条山溪刚刚下过一场雨，现在是雨过初晴，暮色降临。另外，我们也可留意一个问题，是谁如此关注一座小桥，一条小溪？他知道这座桥的大小、材质和桥下的水势，他还知道雨过初晴、日落西山的美丽景致，他是谁？为何如此关注自然？答案不言自明，这正是谢诗人人精妙用心所在。在自然平实、不动声色的描绘中，让你体会到自然美与诗意美。

第二幅画面是古木逢春。一个"弄"字尤见生机，本来是春天到来，万物苏醒，生机勃发，但是诗人倒过来讲，说成是古木格外高兴，格外张显自己的生命活力，它们抽枝吐芽，疯狂生长，它们枝叶茂盛，绿影婆娑，它们临溪而立，精神抖擞。正是古木逢春，生意无限，这个春天才更加美丽，这条小溪才更加动人。不可忽略这个"荣"字，由于春雨的滋润、洗礼，花草树木才如此生机旺盛，溪岸古木才如此神采飞扬，"荣"是春的活力与生命的显扬，也是雨的神奇与美妙的展现。谢诗人妙用一个"弄"字，化静为动，点化生机，使画面增加灵动活力，使读者心灵随之一惊。与谢诗人同时代的词人张先有名句"云破月来花弄影"，写影用"弄"，空灵活泼，精准传神，有韵致，有魔力。同是用"弄"，谢诗粗犷大气，张词精细微妙，谢诗磅礴浑厚，张词典雅空灵。另外，这幅画面定位于"古木逢春"也颇有考虑，如果不是古木而是"幼苗""小树"显然没有那份深邃苍老，没有那份顽强雄迈，生命的活力大打折扣，诗歌的韵味也大为逊色。

第三幅画面是水满岸平。诗人设想一夜之间，不知还要下了多少雨导致这鳌溪水势暴涨，几乎与岸齐平。这里要注意两点，一是诗人描绘雨量充沛，水势旺盛，意在突出春天的蓬勃生机；二是"不知"的情味，想想，雨下水涨，春来树绿，这些都是再正常不过的自然现象吧，可是诗人偏偏关注，偏偏发问，到底要下多少雨才能让鳌溪之水与岸齐平呢？这里面有一种关心，有一份等待，有一份激动，诗人为美好的春天而欢呼，诗人为春天的活力而欢唱，一如鳌溪，春水泱泱，汩汩流动，一溪水，分明就是一溪情，溪水的欢快流动分明就是诗情的汹涌澎湃。于是，我们从鳌溪水看到一幅优美迷人的古老图画，也看到一颗自由奔放的心。

小雨丝丝欲网春

——李弥逊《春日即事》散读

一首诗就是一片风景，一首诗就是一种心境，诗的魅力在于引发感动，生发联想，在于读诗之人与作诗之心的默契神会，心性共鸣。有些诗我们读不懂，不怪读者，不怪诗人，两者之间的距离太远，无论时空距离还是心理距离、思想距离；有些诗，我们一读就被深深地震撼住了，只因为诗歌表达了我们久蕴心中的思想情感和人生体验，诗人、读者、诗歌三位一体，水乳交融。宋代诗人李弥逊的诗歌《春日即事》就属于后一种类型，明白如话，通俗平易，但是却直击心灵，引人共鸣。诗歌是这样写的——

小雨丝丝欲网春，落花狼藉近黄昏。车尘不到张罗地，宿鸟声中自掩门。

题曰《春日即事》，表明诗人随兴而至，即景发感，抒写内心忧思，暗烘人生态度。特别要注意，这类"××即事"字眼，感受、思绪可能是不期而至，突然发生的，但是，这些情绪绝对是诗人久埋于心，反复思量的结果，这首《春日即事》的耿耿忧思，就烙有诗人长期生活的印记。

春天的小雨，密密麻麻，如丝如缕，弥漫天地，形同一张巨网，似乎要网住春天，不让春天悄悄流逝。雨无情味，雨不是网，它自个儿下着，淅淅沥沥，如烟似雾，它根本不会也不可能去想方设法留住春天，可是多情困苦的诗人偏要说它们丝丝缕缕，牵扯春天，挽留春天，不让春天溜走。这是移情于物，心生怜惜的想象和创造，表明诗人至少具有两种情感，一是怜春惜春，不让春走，二是留春不住，徒生伤悲。为什么要煞费苦心网春留春呢？诗人接着描绘了另一幅画面：雨疏风骤，花谢花飞，落红无数，满地狼藉，惨不忍睹，让人心痛。暮春时节，花离枝头，凋谢芳华，委地成泥。这是自然规律，谁也不可阻挡，不以人的意志为转移。但是，春花向来又是美好生命的象征，美好事物的写照，理想，青春，时光，才华……这些美丽的字眼无一不与春花有这样或那样的联系。诗人不忍心看到美丽的花儿凋零，不忍心看到它们红颜破碎的凄惨，从早到晚，望雨发愁，望风伤叹。"黄昏"是一个敏感词语，它意味着白天的即将结束，黑夜的即将来临，用之于花，则生命枯萎，芳华消殒；用之于士，则时光易逝，岁月不多，壮志难酬，一生惆怅；用之于女，则青春隐去，红颜憔悴，心灵苍老，精神颓靡。总之，暗淡的黄昏和满地落花、满天风雨结合在一起，纠结人心，悲慨万端。

诗人在伤叹春天的逝去，诗人在惆怅留春无计，诗人在痛心落红无数。其实，眼中的春天与心中的情意密切相关，在这个春残日暮的时候，在这个美丽消逝，芳华不再的时候，诗人想到自己的人生，自己的生活情趣。独守一隅，不接官场，怡然自适，孤芳自赏，倒也清闲自在。居地门庭冷落，门可罗雀，绝无车马扬尘，乱人心志之忧；居地关门闭户，自成一统，绝无钻营利禄，竞逐功名之虑。诗人的生活很平静，很充实，很自在，养花植草，读书吟诗，修身养性，自得其乐。夜幕降临，鸟儿归巢，叽叽喳喳，响成一片，更显得山居环境的幽静空旷。诗人轻轻地关上柴门，走进安宁的黑夜。诗中有两个词语特别要关注，一是"宿鸟"，很容易让人想起陶渊明笔下的"云无心以出岫，鸟倦飞而知还"，鸟儿朝飞夕至，远近觅食，忙忙碌碌，奔波不停；人呢，不也如同不停飞扑的鸟儿一样吗？打拼功名，博弈官场，为口腹之欲，为衣食之求，操心劳力，困顿不堪，也该回家了，也该找个清静的地方歇息一下吧。关上门，拒绝与外界俗世交往，就走进了一个属于自己的自由天地。另一个词语是"自"字，既有百无聊赖，冷清寂寞之感，又含孤芳自赏，清操自守之思，这是一种正直有品，情趣雅正的文人情怀。

细雨有情，落花含愁，柴门静立，归鸟噪晚。有一位诗人站在庭院，站在黄昏，他为满天风雨而忧愁，他为满地落红而伤心，他为满心清静而高兴，他为安顿心灵而怡然。他的伫立，构成一道风景，明亮我们的双眼。

蘸他春水画船头

——陈起《夜过西湖》散读

风沙吹不走记忆,因为记忆早已铭刻在风里,随风所至,无所不到;潮水冲不退诗情,因为诗情早已融汇在水中,随水漂流,走遍天涯。近日读宋代诗人陈起的小诗《夜过西湖》,脑子里忽然蹦出这样的句子来。的确,在我看来,诗意的产生很大程度上源自灵感,灵感也许是一种突如其来,转瞬即逝的东西,但是一经产生,一经闪烁,电光石火,就绘照亮心灵,点燃情感,让人久久沉浸在意味深长的境界外。这首小诗题曰"夜过西湖",其实,不去追踪行程,不去摹绘形象,而是抓住瞬间,定格画面,聚焦心灵,展示光芒——

鹊巢犹挂三更月,渔板惊回一片鸥。吟得诗成无笔写,蘸他春水画船头。

诗意在哪里?挂在弯弯的月亮上。你看,半夜三更,万籁无声,独有诗人站立舟上,随水漂流。岸边的树木,不甚清楚,似乎鹊巢之内,小鸟安眠,树梢枝头,月照天地,湖面洒下万道光芒,白花花一片,粼粼闪烁。诗人沐浴月华清辉,徜徉波光湖面,怀拥一湖清静,心抱一轮皎洁,从流飘荡,任意东西,何等惬意!何等舒畅!这种心境,唯有诗歌能够表达;这种状态,自然容易产生灵感。一般游湖,多在白天,游人如织,熙熙攘攘,自有一番风情;可是诗人另辟蹊径，夜游西湖，而且沉醉其中，流连忘返，正因为如此，他才感受到了月华清辉之下的水天一色，他才看到了静卧树梢的鹊巢飞鸟，他也才看到了月挂树梢、波光万里的宏阔壮观。如此诗意，如此心境，自然是一树诗情，一轮明亮，一湖宁静，这就是诗情。

诗意在哪里？写在惊飞的白鸥上。鱼板声声，惊起的一群白鸥又飞回。这种景象，在白天并不奇怪也不少见，但是在夜晚，在湖畔，则是一道亮丽的风景。背景是明月当空、水波潋滟的西湖，主体是几条流动的小船和一群惊飞的白鸥。小船漂移，渔板声声，渔民在赶鱼入网，清脆的声音惊吓了沉潜水中的游鱼，也惊醒了湖畔夜宿的白鸥。白鸥惊飞，呼啦一片，几番来回之后，又落地安眠，没有人打扰它们的美梦，没有人惊吓它们的生活。情景和大诗人王维笔下的《鸟鸣涧》类似——"人闲桂花落，夜静春山空。月出惊山鸟，时鸣春涧中。"空山幽谷，鸟鸣声声，山谷格外清幽；月出生辉，惊起山鸟，夜晚格外静谧：此番景致，只有凝心静气的诗人才能看到。同样，陈起诗中的白鸥惊飞，掠过湖面，不久又陆续飞回，栖落树梢湖畔，如此风景，也是诗人夜游西湖，沉静观照的结果。其间同样折射出灵动的诗意和闲适的心情。

诗意在哪里？在寂静的鹊巢里，在皎洁的月光下，在翻飞的白鸥上，在潋滟的波光中，在清脆的赶鱼声里……夜游西湖，伴着月光，随着流水，耸起耳朵听自然的宁静安详，张开眼睛看夜月的奇幻空明，用心去感受天地的空阔和空灵，用情去体悟舟行水上的闲适与逍遥，这不就是画，就是诗吗？突如其来，稍纵即逝，兴之所至，情不自禁，诗人竟然想到，没有纸来铺展画卷，没有笔来抒写诗情，那么，就用手指当笔，就用春水当墨，就用船板当纸，持笔蘸墨，饱蘸感情，将心中的诗意凝聚成文字，写在船上，写在天上，写在夜晚，将无边风月涂上色彩，定格在今晚，定格在天地，也定格在心中。于是，我们记得，在千年前的一个夜晚，有一个诗人，拥有一湖明月，拥有无边风景，拥有一船清闲。我们还记得，那个晚上，他没有带上纸和笔，他不打算去写诗，只想安安静静地游西湖，诗却找上门来了，他只好将诗写在天上，写在水里，写在船上，刻在心中。

夹岸桃花蘸水开

——徐俯《春游湖》散读

春天的到来总是令人高兴的，诗人春天游湖，为衔泥筑巢的燕子喝彩，为含苞绽放的桃花欢呼，为断桥不度的春雨叹惋，为撑出柳阴的小舟兴奋，花鸟草木，如诗如画，湖光水色，引人入胜。这是宋代诗人徐俯的小诗《春游湖》给我留下的深刻印象。诗歌如此写道——

双飞燕子几时回？夹岸桃花蘸水开。春雨断桥人不度，小舟撑出柳阴来。

春天的魅力在哪里？诗人春天游湖又有怎样的发现和收获呢？我们还是来看诗人笔下的风光吧。

首句表面问燕，实则问春，犹如老友多年不见，今日相逢，倍感兴奋。双飞的燕子啊，你们什么时候回到湖边来的？燕子不是人，不会说话，不通情意，但是在诗人的心中，它们犹如有情有意，有灵有性的生命，诗人要和它们对话，要向他们表达自己的激动和惊喜。燕子衔泥筑巢，忙碌不已，不时用呢喃细语回应诗人。诗人懂了，它们一样热爱春天，一样热爱这郊野的湖畔。春天的燕子很勤劳，春天的诗人很兴奋。不论是衔泥筑巢的燕子，还是泛舟游湖的诗人，都在追寻春天，都在享受春天。首句描写还需注意"双飞"和"几时回"两个词语。

"双飞"而不是"单飞"或"群飞",暗示这是一对燕子,雌雄成双,辛苦劳碌,营造美丽家园,给人以温馨和谐,甜美幸福的感受。若是"单飞",则为早燕,未免孤单、寂寞了一点,也缺乏那种温馨幸福的氛围。"群飞"则平淡无奇,索然寡味。"几时见"饱含悬念,可作两解。一是诗人在期待,在呼唤燕子回归,可爱的燕子啊,春天都已经回到湖边来了,你怎么还不回来呢?你们到底到什么时候回来啊?呼唤燕子,其实就是呼唤春天。二是诗人在追问,淘气的燕子啊,你们是什么时候回来的,怎么不告诉我一声?不期而遇,格处惊喜,实则是欢喜春天早临人间。不管是哪一种理解,似乎都在暗示我们,诗人和燕子是老朋友,他们之间有一个美丽的约定,约定在春天来临的时候,在美丽的湖边约会,一言为定,不见不散!

次句绘花,写桃花夹岸,蘸水盛开,凸显生机勃勃,风光迷人。夹岸桃花,很容易让人联想到陶渊明笔下的《桃花源记》的描述来:"两岸芳草鲜美,落英缤纷……"此处应是诗人泛舟游湖。看两岸,桃花灼灼,流光溢彩;观湖水,波光粼粼,倒影如画。船在湖中走,人在画中游。两岸桃花,纷至沓来,令人目不暇接,心旷神怡。李白有名句写桃花"岸夹桃花锦浪生",因为桃花盛开,光色浓艳,以至让人产生错觉,似乎河中奔涌的浪花也是粉红色的。多么神奇,多么美妙!和李白的错觉感受不一样,徐俯写桃花重在细绘实描。说桃花"蘸水",这个"蘸"字用得好,桃花带露,水淋淋,泪汪汪,不恰似一位楚楚可怜的美丽面庞吗?同时,这些点缀在桃花上面的晶莹水珠,也暗示出刚刚下过一场春雨,桃花沐浴,含苞绽放,又有无限生机啊。所以,诗中"蘸水桃花"这一意象,既可以让人联想到美丽感伤的女子,又可以让人联想到生机勃勃的春天,见仁见智,因人而异,这正是诗歌的魅力所在。

如果说诗歌一、二两句写鸟写花,细描细绘,是工笔画的话,那么三、四两句则轻描淡写，简笔勾勒，是写意画。诗人放眼雨后的湖面，漾漾春水淹没了桥面，阴断了交通，没有人能够渡过，整个湖面一片汪洋。正当诗人略感迷茫与惆怅的时候，突然之间，前方不远处，靠岸的地方，一片浓密柳荫之下，撑出一叶小舟来，闲适自在，轻盈活泼。诗人惊喜，为眼前这一道亮丽的风景。这幅画图中，宽阔辽远而有点模糊的水面是远景，淡远朦胧，疏朗开阔；柳荫成团，小舟一叶，飘遥而来，是近景，轻盈小巧，空灵雅致。整幅画面让我们感受到湖面的辽阔宁静，郊野的荒僻幽远，游人的悠闲自在，的确是一幅春光满湖，生机无限的风景画。断桥野渡，柳荫浓密，有自然野趣和文人雅韵；小舟游人，波光荡漾，又见生动空灵和闲适情怀。风景与人物相统一，宁静与空灵相结合，诗歌的情味意韵正在此处。

野菜花开蝶也来

——饶节《晚起》散读

诗的魅力在于生活情趣，在于生命活力，有些诗作主旨无关家国民生，天下兴亡，单就诗人狭小生活圈子里的情思意趣落笔，给人以惊喜，让人感到清新活泼，生动有趣，读这类作品，读者往往心情轻松\欢悦，思想通透豁达。宋代诗人饶节的诗歌《晚起》就是这样的作品——

月落庵前梦未回，松间无限鸟声催。莫言春色无人赏，野菜花开蝶也来。

题曰《晚起》，告诉我们诗作主要表现诗人闲居生活情趣。那么，诗人到底要和我们分享怎样的生活呢？且看诗作内容。

一、二两句描写诗人的起床，月亮已经落到庵前，诗人还在僧床上酣眠，广阔的松林中传来一阵阵雀噪，好像在催人快点儿梦醒，迎接白天。诗人的身份很特殊，性刚峻，有大志，三十八岁时为丞相曾布馆客，与曾布论新法不合，遂弃儒出家，自号倚松道人。诗中点明"庵前"，暗示诗人远离俗世，远离官场，早已忘怀得失，忘怀名利，寄身寺庙，游心自然，与山林为伍，以明月为伴，过一种逍遥遥自在，清静无为的生活。没有是非曲直需要浪费口舌，没有荣辱得失需去提心吊胆，没有衣冠车马需去交接，把自己关进山林，关进寺庙，耳根清净，心灵轻松，优哉游哉，好不快活。因此诗人睡得香，睡得甜。你看，天快亮了，还在沉沉梦乡中，没有一点要起床的意识，山中本来就很自由，心无杂念，身无俗累，想睡就睡，想行就行，没有人来打扰你，这种"一觉睡到大天光"的现象实在是太自然，太平凡不过的了。恼人的是，深邃山林之中那些淘气顽皮的鸟儿，倒是比人先起床，它们一到天亮就叽叽喳喳叫个不停，林子里，一派喧哗，热闹非凡。它们在催促诗人，懒鬼起床了！它们在唤醒山林，开花的开花，抽条的抽条，长叶的长叶，吐芽的吐芽，全是勃勃生机，全是生命气息！可惜，诗人的美梦被惊醒，诗人的酣睡被打乱；可喜，林中处处鸟语，声声欢畅，松树叶叶交通，枝枝覆盖。"无限鸟声"是夸张之语，是极致表达，想想看，诗人一觉醒来，满耳鸟语，满山欢唱，何等壮观的场面，何等热烈的演奏！鸟声惊醒了诗人，鸟声也在催促诗人，催促诗人干什么呢？用得着这么兴师动众，大张旗鼓吗？鸟儿也太激动了吧，这么早就喧闹不已，它们又是为什么而欢唱？难道它们心中也有莫名的幸福和有待揭晓的秘密？松林阵阵，鸟声如潮，于人于鸟，声息相通，有太多的欢悦和激动，有太多的神秘和好奇！

  诗歌三、四两句描写诗人梦醒之后的散步，揭示了鸟声催人的玄机。诗人被鸟声催起，漫步庭院，啊，野菜花已经开得那么鲜艳，不要说这美好春色，无人赏玩，菜花绽放之处，到处是翩翩蝴蝶，人爱花，蝶也爱花，人与蝶，同赏春光，交相辉映，无限浪漫，无限诗意。蝴蝶爱美，张开翅膀，轻舞飞扬；蝴蝶赏春，闻声而动，应春而来；蝴蝶有情，与春同舞，与人同乐：这些美丽缤纷的野菜花属于春天，属于诗人，也属于蝴蝶，更属于所有热爱自然，热爱春天，热爱生活的人们。有趣的诗人把蝴蝶当作朋友，有情有意，有滋有味地观赏这些飞舞的朋友，诗人从这些特殊的朋友身上发现了春天的美丽，收获了心灵的快乐。诗人更想到，如此良辰美景，自然要与人同赏，与人分享，寺院无人，山林清静，这些活泼轻盈的蝴蝶就是诗人心中的好友，美丽春天的嘉宾。野花灿烂了诗人，也灿烂了蝴蝶，有了这一次，天刚破晓，春到人间的人蝶邂逅，诗人隐居山林古庙，清静之外，又多了一份期待，一份生趣，一份美丽。花开庭院，美丽亮眼；蝶飞山林，灿烂心空。一个诗人，早已遗忘尘世，遗忘官场的诗僧，在庭院徘徊。他在寻找春天，他在注目野花，他在对话蝴蝶，他在叩问树林，他的漫步，犹如一朵野花，绽放在山谷溪间，幽香漫溢，沁人心脾。

　　隐居山寺的诗人，毫不经意的一次晚起，发现了春天，发现了鸟鸣，发现了野花，发现了蝴蝶，发现了这个世界竟然如此生机勃勃，灿灿烂烂，他又把这份发现的幸福传递给我们，以至千年之后，我们心中眼前还是蝴蝶飞舞。

添得黄鹂四五声

——曾几《三衢道中》散读

每一片美丽的风景都是一片美丽的心情,对于热爱生活、热爱自然的诗人来说,处处是风景,时时好心情。通过游山玩水,观花赏草,排遣忧愁郁闷,挥洒人生快意;山水花草无不带上诗人的喜怒哀乐。我们读诗歌,读诗人的心情,感受清新别样的生活,的确是一件开心乐事。宋代诗人曾几的小诗《三衢道中》就给我们描绘了诗人的游赏乐趣和生活态度,给人以启迪,给人以感染。诗歌是这样写的——

梅子黄时日日晴,小溪泛尽却山行。绿阴不减来时路,添得黄鹂四五声。

诗题《三衢道中》点明诗人的行旅概况和诗歌的描写内容,写一路山行风光,抒满心欢悦情。

江浙大地,梅子熟时,多有绵绵阴雨,而且连日不开,天气阴沉,令人倍感压抑、沉闷,宋代诗人赵师秀有云"黄梅时节家家雨,青草池塘处处蛙",以连绵不断的阴雨和聒噪乱耳的蛙声来烘托诗人久候客人的闷烦无聊心绪。可是,曾几笔下的梅子成熟时节却一反常态,迥然不同,不是雨雾蒙蒙,阴风惨惨,而是丽日晴空,阳光灿烂。乐景传乐情,天气晴暖和好,其实就是诗人欢乐兴奋的心情折射，因此，诗歌一开篇就给全诗奠定了明朗轻快的抒情基调。正因为天气如此晴朗，正因为置身江浙之地，所以，诗人要出游，要饱览秀美的山水风光。诗人驾着一叶轻舟，沿溪漫流，行于所行，止于所止，无拘无束，自由自在。小溪轻盈灵动，在点点阳光下闪闪烁烁。两岸的花草树木倒影溪中，描画出一幅精美隽永的山水画。船行镜中，人游画廊，无限风光扑面而来，闯入眼帘，撞开心扉，诗人陶醉在这山水相融的优美风光之中。不知走了多远，不知玩了多久，直至水流尽头，无路可走，诗人才弃舟上岸，转入山路，又一路行去。山里风光不用说也是缤纷迷人，让人大饱眼福。诗人没有具体描绘山行的细致风光，但是，我们却从他的美好心情当中不难窥见呈现在诗人眼前的一幅幅如诗如画的风景图。

如果说诗歌一、二两句主要是从总体上记录行踪，描绘心情的话，那么诗歌三、四两句则着重从典型景物的发现和感受的层面上来抒写诗人的勃勃兴致。你看，诗人沿路下山（可能是时候不早，该回家了吧），竟然发现，先前上山的时候草木葱茏，绿阴匝地，现在回来，还是绿阴不改，风光依旧。这些风物似乎在欢迎诗人上山，又似乎在送别诗人下山，迎来送往，别情依依，似曾相识，心有灵犀。绿阴不减，情意不减，是诗人的发现，是心灵的惊喜，更是情感的外射。我记得唐代诗人钱起写过一首咏竹诗，其中有这样两句："始怜幽竹山窗下，不改清阴待我归。"翠竹清阴，如朋如友，有情有义，见灵见性。同样，曾几诗中的"绿阴不减"也有同样表达效果。如果说，下山回家和先前上山稍有不同的话，这不同便是多情好歌的黄鹂，先前山林幽静、清凉，诗人一路前行，免不了有些寂寞冷清，这次下山竟然听到黄鹂婉转悠扬的歌唱，太美好，太过瘾了！黄鹂是鸟语林中的明星歌手，容貌秀丽，姿态优雅，声音动听，有她的歌唱伴奏，下山的风景更美丽，回家的心情更快乐。

一次出游，沿溪漂流，要走到水流不通之地才善罢甘休；沿路山行，要饱览所有动人风景才心满意足，曾诗人可谓"沉醉山水，流连不醒"啊。没有人会注意到沿途的花草树木，阳光绿阴，因为他们心中只有一个狭隘而浅近的目标；没有人会聆听百鸟的歌唱，小溪的演奏，因为他们耳中和心灵早已沾满了尘埃。曾诗人实在高明，发现一片绿阴，并为之欢喜，聆听几声鸟鸣，并为之兴奋，我们相信心灵纯净，热爱生活，充满诗意的人，心中和眼中才有如此纯美的自然风光。记住放眼自然，一幅巨大的山水画，张耳空山，一曲动听的天籁之音！

翠光点破夕阳归

——刘延世《翡翠》散读

读一首诗,实际上是在体会诗人的一种心境,体会诗人对自然,对生活的一种态度。许多古代诗人描写花鸟虫鱼,草木峰峦,多是怀抱静观神会,悠游自适的心态,他们笔下的景物,或动或静,或声或色,或形或态,无不细腻真切,形神兼具;同样,我们品读这类作品,自然也要沉心静性,入情入境。宋代诗人刘延世的小诗《翡翠》就描写了一种我们非常熟悉的水鸟——翡翠,其生命有灵有性,有情有趣,其情意至真至诚,引人联想。诗歌这样写道——

避人忽起鸣衣桁,掠水飞来立钓矶。静处欲留看不足,翠光点破夕阳归。

翡翠鸟,嘴长而直,羽毛蓝绿,嘴足赤红,飞行较快,常生活在水边,以鱼虾、昆虫为食,种类较多,是一种形体娇小,色彩鲜艳,模样可爱的水鸟。这首诗就捕捉了翡翠鸟的若干瞬间动作,精心描绘,融进感情,勾画出一点活灵活现、有情有态的翡翠鸟形象。

此鸟生性胆怯,怕人,有时候为了躲避行人,忽然飞离晒衣服的横木,边鸣边飞,惊恐至极,让人心生怜悯。诗人用"忽起"来状写情态,人的出现,出其不意,鸟的起飞,惊慌仓促,可见翡翠鸟远人而居,择木而栖的生活习性。它不同于燕子、水鸥之类的鸟。老杜诗云"自去自来梁上燕,相亲相近水中鸥",燕子出入人居,自由自在,与人相亲;鸥鸟忽远忽近,相伴相随,不避人事;梁间燕子也罢,江上白鸥也罢,都是那样乐群恬性,忘机不疑。而刘诗人笔下的翡翠鸟则是远而避人,羞而好静,颇有几分羞羞涩涩,拘谨不安的味道,像腼腆的小姑娘,美丽得让人心疼。再看没有人的时候翡翠鸟的活动吧,有个时候,它飞过水面,突然落脚在垂钓的石矶上。这是它的生活常态,眼光敏锐,动作矫捷,一旦发现水中目标,就会毫不犹豫地扑上去,掠水而过,张嘴捕捞,很快地抓住细小鱼虾,然后站在水边岩石上美美享受一顿。当然更多的时候,它是静静地站在水边石头之上,侦察,等待,寻找猎物,寻找机会。诗人用一个"立"字来状写翡翠鸟的情态,直立钓矶,一动不动,目视水面,炯炯有神,外表给人以悠闲清静之感,实则是蓄势待发,枕戈待旦,因为我们完全可以想象得到,这类生活在水边,以鱼虾昆虫为食的水鸟,眼光有多锐利,捕食有多厉害。

诗歌一、二两句分别从动静两个方面来刻绘翡翠鸟的可人形象,诗歌三、四两句则侧重选择一个点上的画面来刻绘翡翠鸟的灵动轻盈,清新可爱的形象。诗人仔细观察,凝神欣赏,欣赏它的亭亭玉立,纹丝不动,欣赏它的端庄静穆,神态安详,欣赏它的体型小巧,色彩亮丽,……越看越有味,越看越来神,似乎永远也看不完,看不够。翡翠鸟站立石上,目视水面,像一幅画,静默无声,又像一尊雕像,有形有态。突然之间,一道翠光闪过诗人眼前,翡翠鸟早已融入落日苍茫之中。诗人对这一场景的刻绘,着重突出了三个方面的内容,一是画面色彩美,夕阳的浅红,水波的清绿,翡翠鸟的蓝绿,三色配置,交相辉映,美丽动人。二是画面动态美,夕阳无声,绿水潺潺,水边草木不动,唯有翡翠鸟展翅一飞,掠过水面,远人而去。这是动态,动作突然快捷,优美奇幻,让人沉迷,让人惊讶。三是诗人的情意美,很多咏物诗是就物咏物,客观摹写,难见真情,而这首诗里,诗人明言,看不够,想要留下它,留下它的宁静和美丽,留下它的安详和灵性,充分体现出诗人的怜爱之意,赞叹之情。此外,尾句描绘的一点翠光点破夕阳的画面,还给人留下意味深长的回味,不是写完即完,了无意味。我们完全可以想象得到,这只美丽的翡翠鸟飞走了,它没有和诗人打招呼,也根本不理会诗人的好心好意,就那么快,那么干脆地飞远了,很快淡出了诗人的视线。但是,诗人仍然站在原来的地方,一动不动,久久凝望,久久沉思,也许这只翡翠鸟早已飞到了他的心里吧。

全诗咏鸟,于鸟而言,绘形绘态,有模有样;于人而言,聚精会神,有情有意,既见翠鸟急止忽飞,空灵轻盈之形象,又显诗人爱鸟成性,心向神往之情意,的确是一首融情于物,物我合一的佳构。

活底秋江水墨图

——杨万里《晚风寒林》散读

春回大地，千山万岭郁郁葱葱，蓬蓬勃勃，是生意盎然之美；秋临人间，漫山遍野山风吹拂，落叶纷飞，是枯寂萧瑟之美。一般而言，赞美春天，歌咏山林者多，垂青残秋，情寄枯叶者少，但是宋代诗人杨万里偏偏崇尚枯淡萧索，其诗《晚风寒林》就给我们描绘了一幅晚秋山林美景图，也给我们展示了一种有灵有性的生命情怀。诗歌如此写道——

树无一叶万梢枯，活底秋江水墨图。幸自寒林俱淡笔，却将浓墨点栖乌。

题曰《晚风寒林》，依我读诗的敏感，这个"风"吹得很有意味，当是秋风无情，落木萧萧，天地枯淡，了无生机。"寒"字突出了由外至内的感觉，表面而言，说秋风寒凉，天气冷清，给人以凛冽冷峻之感；深层而论，诗人内心寒凉，意有不快，逢秋寂寥，临风悲叹。但是，诗人似乎和经验，和传统开了个不大不小的玩笑，他笔下的秋，枯淡之中显性灵，冷寂之中见生机。先是大笔一挥，整体勾勒。千山万岭，连绵起伏，茫茫苍苍；千林万树，疏疏落落，空空荡荡，不见一片树叶生机勃勃，不见一根枝丫油光碧绿，万木枯落，万树无声，满目萧疏，满心肃穆。但是，春秋代序，物换星移，草木荣枯，自有其道，这万木枯落，不也正寓示着来年的枯枝吐芽吗？这沉寂无声不也隐藏着来年的鸟语喧哗吗？有道是，生死存亡，正反相生。树之枯到极致，即将迎来抽枝吐芽，旺盛生长的春天。从冷酷无情的秋风中，我们闻到了春的芬芳；从疏疏落落的秋山中，我们读到了春的活力；从静静流淌的小溪中，我们看到了春的脉动。诗人不悲观，诗人对自然风物的变化，对四季轮回，有深刻的体味和认知，因此，他认为，呈现在眼前的不只是枯淡萧索，毫无生机的深秋图，更是栩栩如生，活灵活现的一幅水墨秋江图，疏朗，明净，高远，清新，让人心旷神怡，让人宁静明朗。读秋山无语让内心沉静，读秋空高远让心胸开阔，读秋林枯瘦让心灵坚强，读秋江明净让心思清晰，读秋风冷峻让头脑清醒，读秋色明丽让心灵快乐，秋与心通，人与物谐，只要心中有秋，心中有自然，无处不是风光，无处不蕴诗意。杨万里于万山萧瑟当中读到了清美，于万木萧萧中看到了生机。晚风秋林，实在是一幅渗透情思，点染诗意的优美画图。

　　如果说诗歌前面两句的描写是粗笔勾勒，淡墨点染的话，那么诗歌三、四两句则侧重于浓墨重彩，精笔细描。你看，诗人描写了什么？大自然真是一位丹青能手，机心妙趣，尽显于秋。满山寒林，落尽枯叶，疏朗清晰，这是淡笔；林梢栖鸦，通体漆黑，分外打眼，这是浓墨。鸦非不美，它的瘦硬冷峻，它的飞鸣聒噪，它的轻盈灵巧，都给诗人留下了深刻的印象。我们完全可以想象得到，一幅画，如果全是荒山秃岭，黄叶枯枝，不见一条溪水，不见一片绿叶，不见一只飞鸦，不见一个人影，那么，画是机械写实，缺乏生机，缺乏灵性，缺乏意趣；相反，有了点点寒鸦，有了寒鸦的飞翔鸣叫，有了寒鸦的灵动活泼，画境全活，山林全动了，仿佛呈现于我们眼前的不是一幅画，不是一首诗，而是一座山林。我们看得见落叶纷飞，寒鸦起落，听得见山风瑟瑟，寒鸦鸣叫，我们分明看到了属于深秋的生机和性灵，深秋不再寒冷，落寞。值得一提的是，在中国传统诗词文化当中，寒鸦代表的往往是不祥，险厄，阴冷，恐惧，但是，在这首诗里，却是生机活力的写照，秋山有灵的显示。

  一首写景诗能够打动人心，不是因为它的描写多么逼真细致，也不是因为它的语言多么生动华丽。我认为最重要的是做到绘形传神，有灵有性，写出景物的性格来，写出景物的意趣来。这首小诗就让我们读到了秋的枯淡萧索，更读到了秋的生机妙趣，枯寂的山林孕育着希望，不祥的乌鸦承载着活力，这就是杨万里诗歌匠心独具之处。

一路吹香直到家

——周端臣《买木樨花》散读

宋代诗人周端臣游览西湖,置万千景物于不顾,舍弃个人痴心爱好,独对桂花飘香情深似酒,爱过潮水,挥笔写下率性真情之作《买木樨花》——

拼却杖头沽酒物,湖边博得木樨花。西风可是无拘束,一路吹香直到家。

木樨花,即桂花,中秋盛开,香飘四溢,人闻人爱,人见人喜。但是,痴爱此花,爱出性情,爱得潇洒,爱得别具一格者,当推周端臣这位诗人。何以此说?且听分解。

诗人本是爱酒成性,嗜酒如命之人,开篇典故的运用即可证明这一观点。杖头沽酒,指杖头百钱,典出《晋书·阮修传》:阮修性简任,每外出时,常挂百钱于杖头,至酒店辄独饮为乐。晋代名士刘伶亦然,常乘牛车外出,车尾挂一葫芦,装满美酒,备一铁锹,每至车停,必开怀狂饮,告仆人曰,饮死则就地掘坑埋葬,生而活脱,死而无憾。周诗人娴熟阮修、刘伶其人其好,开篇拈出,暗示他也是性情中人,常常以酒释怀,常常杯不离酒。但是,奇怪在于,对这样一位酒徒、酒仙,何以要拿出酒钱,不是买酒,而是买花?而且,性情之直爽干脆,令人惊讶。"拼却"意即舍得,甘愿的意思,不犹犹豫豫,不拖泥带水,一旦看到心仪欢喜之物，立即拿出手头仅有的酒钱买下它，心向神往，买为己有，满怀欢喜，心花怒放。湖边有万千风景，万千名胜，诗人独对木樨花情有独钟，可见性情之风流洒脱，情趣之高雅脱俗，生活之真诚浪漫。生活中，最喜欢花的人多是两种，一是姑娘，貌美如花者或是其貌不扬者；二是诗人，心细如发者或是心粗如梗者。花是美丽的象征，美好的希望，花也是性情的流露，生活的写照。周诗人不是美女，不是少女，是酒徒，酒鬼，但是所爱有胜于酒，所迷远胜于女，花痴也罢，花神也罢，反正就是天地间，西子湖畔，一个痴心可鉴，真情不移的"桂花公子"。

诗人缘何独爱桂花，而且爱得如此迷狂，如此奇特呢？其中自有奥妙，用诗人的话来说，西风自由自在，欢乐无比，一路吹拂，桂花芳香，也就一直飘到诗家，飘到诗人心里。原因就这么简单，诗人爱西风，自由无羁，任性率真；诗人爱花香，芬芳四溢，沁人心脾；诗人爱生活，爱自然，人生天地，葆真归朴，就是最大的快乐，最大的幸福啊。陶渊明爱菊花，既经霜不凋，又清香淡雅，投合诗人闲适散淡，寄情山水的隐逸情怀。白居易爱桃花，不开平原旷野，独开深山古寺，顽皮机灵，美丽生动，暗切诗人迷花恋草，游山玩水的高情雅趣。同样，周端臣爱桂花，自然不是无缘无故，自然不是心血来潮，桂花的淡雅清新，桂花的轻盈空灵，桂花的静穆和美，桂花的闲适平凡……无不吻合诗人的气质，无不暗扣诗人的心性。应该说，诗人是一位远离官场，淡泊名利，洒脱不羁，情趣清雅的人。设想一下，诗人是怎样回家的——位诗人，手捧桂花，洁白如雪，晶莹似玉，沐浴习习秋风，衣袂飞扬，长发飞舞，一路笑逐颜开，一路飘香四溢，一路秋风得意。没有酒，花香胜酒；没有钱，西风胜钱；没有功名，家园远胜功名。多么惬意，多么幸福！一个人的内心幸福是不能衡量的，你认为幸福快乐的事，他不一定也有同感。但是，于周诗人而言，我们确信，他是幸福的，快乐的，他的幸福写在风里，他的快乐飘在花上，他的浪漫留在心里。

西湖风物，千种百样，西湖花开，姹紫嫣红，但是诗人独爱桂花，独爱清香，放弃令人垂涎三尺的美酒，不惜为数不多的酒钱，买桂花，买清香，买自由，也买得一颗知足常乐，洒脱浪漫的心。我们惊讶在红尘浊世之中，诗人选择了桂花和诗歌；我们赞叹，在熙来攘往之中，诗人选择了秋风和家园；我们更钦赞，在欲海滔滔的社会，诗人选择了远离和坚守。这首诗写得别致，这位诗人活得潇洒，他保全了自己，他坚守了心性，但是，这还不够，应该说，诗人用桂花飘香，一路欢悦的形象告诉我们，生活不能没有鲜花，人生不能没有性情。

春梦醒来能记否

——吕夏卿《春阴》散读

生活中时时处处充满诗意，对于一个多愁善感的诗人来说，一朵海棠轻轻绽放，一抹夕阳缓缓沉落，一阵春寒微微袭来，一场春梦悄悄展开，一床绣被默默无语，一声叫卖悠悠飘过……所见所闻，所感所触，无一不是诗，无一不是画，入眼成画，入耳成乐，入心动人。读宋代诗人吕夏卿的小诗《春阴》给我留下了这样的印象。诗歌是这样写的——

海棠阴浅日黄昏，画阁轻寒绣被温。春梦醒来能记否，卖花声过忽开门。

一个男性诗人站在女性的角度，揣摩女性细腻曲折的情思，模仿女性口吻，伤感美好春天的悄然逝去，抒写春阴闲居的愉悦心情。诗作细腻逼真，曲折动人，的确是极具唐诗情韵的佳构。

春天的海棠悄悄绽放，沐浴着暗淡的阳光，投下疏落的影子，风姿绰约，娇艳可人，原来时候已近黄昏。这是诗歌第一句所描绘的一幅图景，光影兼具，人画一体。文字组合起来是一幅色调淡雅的画，文字之外站着一位意态迷人的少女，她正津津有味地欣赏午后的庭院风光。海棠花影清浅，静默无声；黄昏光线暗淡，色调柔和。如画如诗的风光折射出主人公闲适宁静的心情。这一天，和她人生中许多日子一样，和她经历过的许多黄昏一样，既平淡无奇，又诗情画意。

她应该是刚刚从睡梦中醒过来，没有人来打扰她，想睡到什么时候就睡到什么时候，每天午睡是她的生活习惯。诗人从多方面来刻绘这位女主人公形象。"画阁"言环境，女子的卧室装饰得十分华丽秀美，似乎雕梁画栋，彩绣辉煌，由此不难看出女主人公大家闺秀的身份和养尊处优的生活。"绣被"指被子，可不是贫苦人家的粗糙被褥，而是精致华美，饰以彩绣的被子，凸显主人公的尊贵地位。诗人强调被子尚有余温，暗示女子刚起床不久，也给人以想象，女子躺在被窝里，非常舒适、暖和。"轻寒"写天气，初春时候，微微寒冷，但是并不碍事，不会影响人们的生活。诗歌次句从三个方面精描细绘，含蓄地表现了女主人公的闲适散淡心情。写阁曰"画"，玲珑小巧，精致华美；写寒曰"轻"，轻阴浅浅，寒意微微；写被曰"绣"，绫罗绸缎，秀丽精美。笔触细致，感觉敏锐，情调优雅，从侧面烘托女主人公热爱生活，悠闲自得的心理。

　　也许是被梦中的什么情景惊吓醒来，她一下子还回不过神来，还恍恍惚惚，迷迷离离，似梦似醒，刚才梦中是怎样的情景，遇见了什么，发生了什么事，在这美丽的春日里，总该有许许多多令人回味的故事发生吧……她在回忆，她在品味，不需要朋友来分享，不需要他人来打扰，一个人静悄悄地或走，或坐，沉浸在梦境中。梦中的幸福，春天的美好，快乐的心情，这个下午全属于她。突然，庭院外面传来几声叫卖花朵的声音，她急急忙忙走过去，打开院门，买几束花，留住春天，明亮自己的眼睛，装扮自己的心灵。她爱花，她爱美丽的春天，她爱像春天一样美丽的生活，春天马上就要过去了，花朵的美丽很快就会凋零，她不忍心看着美丽的花儿，美丽的春天，从眼前悄悄消逝；她要留住它们，欣赏它们，哪怕是消逝的光华！试想，如果不热爱生活，如果不珍惜春天，如果不是心怀美好，一个年轻的女子会有开门迎花，买花留春的举动吗？

　　春天是美丽的，比春天更美丽的年轻女子的灿烂心灵，一个下午，一场春梦，一首诗，让我们记住了春天，真的要感谢诗人。

细数落花因坐久

——王安石《北山》散读

王安石(1021—1086),字介甫,号半山老人,抚州临川(今属江西)人,仁宗庆历二年(1042)进士,为淮南签判。历鄞县令、舒州通判、知常州等职。仁宗朝,至尚书工部郎中,知制诰。英宗时,守母丧制,居家未起。神宗即位,召为翰林学士。熙宁二年(1069),任右谏议大夫,参知政事。明年为相,历行变法。熙宁七年,罢相,以观文殿大学士知江宁。明年复相。一年后罢为镇南节度使,同平章事,判江宁府。元丰元年(1085),罢节度使、同平章事,以尚书左仆射为会灵观使,封舒国公,居钟山。后改荆国公。哲宗元祐元年(1086)病逝,赠太傅。后谥号"文"。他是北宋厉行革新的政治家、思想家,也是北宋诗文革新运动的代表之一,他的诗歌政治性、现实性较强,政治家的性格相当突出。在艺术上,前期清朗刚劲,含蓄不足,后期深婉清丽,着力经营。《北山》是他罢官之后隐居钟山期间的作品,不平之愤、老迈之忧和功业之苦融汇在景物描写之中,潜滋暗长,充满诗行。诗歌是这样写的——

北山输绿涨横陂,直堑回塘滟滟时。细数落花因坐久,缓寻芳草得归迟。

王安石革新,历经搏斗,未竟而遭挫折;罢相闲居金陵,无所事事,无所用心，表面上显得悠闲自得，从容自若，内心是无聊苦闷的，愤愤不平的，这首诗含蓄地抒写了这样的心境。

翻译为现代汉语，意思是北山把它的翠绿泉水输送给了山塘。笔直的堑沟，曲折的塘岸，呈现出一派潋滟波光。我悠闲久坐，细数着残花一瓣两瓣地飘落在地上。边走边欣赏地上的芳草，在归途中流连徜徉。诗歌前两句描写春水，涧水输绿，生气勃勃，塘水潋滟，妩媚动人，似乎诗人心满意足，格外欢畅，可看作是赏心乐景。诗人好用"绿"字，以"绿"代水，写出山泉清澈透明、活泼灵动的形象，也自然让人联想到春天万物吐绿、郁郁葱葱的动人景象，饱含无限生机。王安石在另一首诗中写道，"春风又绿江南岸，明月何时照我还。"用"绿"摹风，似乎春风就是一位大气磅礴的丹青能手，春天一到，便挥毫泼墨，染绿天地，催发生机。"绿"字写出了色彩、质感、动态和神韵，堪称典范。正是因为春水滋涨，山塘才潋滟有光，诗人用"潋滟"写塘水，一者见出塘水满涨，与岸齐平，波光粼粼，明媚动人的情景；二者暗示天光云影、花草树木倒映塘中，水天一色，分外迷人。诗人用"绿"摹色，用"滟"状光，声色并茂，情态兼备，描画出一幅欢快明朗，充满活力的画面。

诗歌三、四两句描绘诗人惜花探芳，流露复杂心思。有两个细节要特别注意，一是细数落花。诗人一个人貌似悠闲地坐了很久很久，仔细地点数落花，一瓣、两瓣、三瓣、四瓣……可见心情的孤寂落寞、百无聊赖，而"落花"在中国传统诗词文化中自然又是衰落凋残、老年迟暮的象征，这里也隐隐暗示王安石的惆怅感慨：时光已逝，功业未竟，期望复用而机会不多。唐代诗人王维《鸟鸣涧》写过细察桂花飘落的情景："人闲桂花落，夜静春山空。月出惊山鸟，时鸣春涧中。"桂花飘香，落地无声，难以觉察，可是在诗人笔下，在闲者心中，却是落地有声，清晰可辨，可见夜有多静，人有多闲。这是一种陶醉山林，逍遥自足的隐士的浪漫情怀，和王安石的"落花细数"情调完全相反。李白也写过独坐山中的滋味："众鸟高飞尽，孤云独去闲。相看两不厌，只有敬亭山。"（《敬亭山》），鸟飞云去，人世苍凉，世界已遗忘李白，冷落李白，李白只好长久独坐，与山为友，默会交流，倾诉心声。同样，王安石的久坐绝不会是静观默察，赏心悦目，而是百无聊赖，惆怅若失。二是"缓寻芳草"这个细节，初看，我们很容易想起陶渊明笔下的"落英缤纷，芳草鲜美"的美好世界，其实，结合诗人的处境来看，完全不是这种愉悦欢快的情调。一个人，一步一步地寻找芳草，以致连时间流逝而难以觉察，是陶醉眼前美景而兴奋不已呢，还是移情芳草，惺惺相惜？显然是后者。芳草，向来是高洁志士的化身，高尚情操的写照。无人欣赏，无人怜悯的芳草是孤寂的，落寞的；无人陪伴，无人共语的诗人也是孤寂的，落寞的：诗人和芳草，可谓同病相怜，同声相应。诗人写自己探芳惜春，其实表达了对美好事物的珍惜之情，对自己芳草一般的美好理想的眷恋之思。如此看来，三、四两句的"细数落花"和"缓寻芳草"，就不是一般文人的闲情逸致了，而是作为政治家的王安石理想沦空、事业未竟的一种忧思苦恨的曲折流露，要细细品味，方可领悟。

全诗写景，景中有人，景中含情，情景交融，浑然一体，一、二句写赏心乐景，三、四句抒苦心悲情，以乐景写悲情，倍增伤悲，凸现主旨。写景空明亮丽，妩媚动人，貌似流露悠游闲适情调，其实暗透苦闷情思，景直情曲，含蓄蕴藉，耐人寻味。语言也是平中见奇，朴中显深。的确是一首好诗。

风前有恨梅千点

——吴可《小醉》散读

好诗贵在兴发感动，引发读者的类似联想，激发读者的情感体验，叩响读者的心灵琴弦。宋代诗人吴可的《小醉》就是这样一首极具张力、惹人联想的好诗，诗人以小醉微醺的眼光来打量生活，以冷寂孤傲的心灵来思考人生，创造了一个冷艳幽香、光明皎洁的艺术境界，耐人咀嚼，引人回味。诗歌是这样写的——

小醉初醒过竹林，数家残雪拥篱根。风前有恨梅千点，溪上无人月一痕。

醉酒有两种情态，酩酊大醉，东倒西歪，语无伦次，胡作非为，这是一种；酒过三分，脸红耳热，胸胆开张，醉眼蒙眬，这又是一种。前者斯文扫地，大煞风景，后者兴会淋漓，诗意横生。吴可这首诗描写的是第二种情况。小醉醒来，两眼昏花，意态恍惚，诗人摇摇晃晃走过竹林环绕的小小村庄，看到几户人家的篱墙脚下，还有残留未尽的冰雪。他隐隐约约意识到，冬天即将过去，春天马上来临，心中窃喜，精神抖擞！"竹村"不是过目即忘的小村庄，它似乎又暗示了一些什么，我乐意把它想象成一个宁静、古朴、美丽、和谐的村落，几户人家，竹篱茅舍，于森森翠竹之外飘扬几面酒旗，在幽幽村庄之内传来几声犬吠。

诗人惊喜，诗人激动。好酒的诗人，郁闷的诗人，本想再小驻片刻，喝上两杯，无奈天色不早，回家要紧，他只能遗憾地离开。"篱根"，本不引人注意，但诗人喜欢，诗人从这里发现了什么，别处都已冰雪消融，放眼望去，风光景物不足为奇，可这篱墙脚下残雪点点，疏疏落落，湿漉漉，水淋淋，到底与别处不一样啊！这残存的冰雪，分明就在提醒诗人，冬去春来，气温回暖，一个万象更新、生机勃勃的世界即将到来。多么激动人心的发现！多么令人向往的春天！春天，对于蛰伏一冬的人们来说，意味着阳光、温暖和力量，意味着驱赶严寒，打破沉寂，恢复生机，迎来希望。诗人有足够的理由高兴，他也把这份高兴不动声色地传递给我们。"数家"是"几家"，不是"家家"，前接"竹村"，后连"篱根"，唯有"几家"，才见出这个村子的古朴、宁静，才见出篱根残雪的稀疏空落，也才突出诗人的惊喜、钦赞之情。若换成"家家"，则显得规模庞大，人烟兴旺，气氛不宁静，残雪不打眼。何来惊喜？何来新奇？"残雪"写实，至精至准，是残雪的消退宣告了春天的到来，是残雪的点缀灿烂了诗人的心空，是残雪的出现增添了村庄的生机。

走过残雪篱根，走过竹林茅舍，迎面吹来瑟瑟寒风，刺骨冰冷，寒彻心肺。不过，诗人又有意外的发现，他看到寒风嗖嗖，梅花绽放，千点万朵，灿烂生辉。陆放翁诗言"何方可化身千亿，一树梅花一放翁"。诗人吴可也爱梅，一树梅花一幅画，千朵万朵都是诗。尤为可贵的是，梅花不畏残雪，不畏风寒，傲然绽放，香飘四野。梅花，冰清玉洁，素艳高雅，迎寒早放，生机旺盛，这是冰雪之花，早春之花，也是生命之花，人格之花。从满树梅花之上，诗人看到了春天来临的倩影，也看到了独立孤傲、刚强不屈的人生风范。是啊，酒醉心醒，如此发现，有什么理由不让人高兴欢呼呢？可是，诗人又陷入了愁苦的沉思，我的发现，我的喜悦，我的追求，我的思想，谁人能理解？谁人能分享？千点梅花之前留下我孤寂的身影，如钩弯月之下留下我沉重的叹息。诗歌结尾一句淡墨写意，简笔勾勒，情深意长，韵味悠悠。溪畔空寂无人，夜色昏暗朦胧，月光清冷寒凉，诗人一个人在徘徊，在沉思，他徘徊在清冷的世界里，他徘徊在无人的空虚中。诗中的"无人"可作两解，一是无人相伴，天地清冷，倍感孤寂；一是无人知心会意，无人交流倾诉，无处诉说衷肠，只好对月沉思，对梅怀恨。"一痕"是轻描淡写，是远眺弯月，空灵淡雅，孤寒冷峭，与诗人的心境非常吻合。

　　酒是醉了，但心头是醒的，酒不能解愁，亦不能消忧，在这个冰雪消融的残冬，在这个春临大地的早春，诗人为梅花千点而放歌，为残雪点点而欢呼，也为弯月一痕而忧虑，也为溪畔无人而伤感，写下这首诗，诗人更清醒，读这首诗，我们更豁达！

夜凉清若在冰壶

——刘子翚《夜凉》散读

生活充满诗意，但是绝对只有诗意的眼光才能发现诗意的生活，于平实处见神奇，于简单处显高雅。宋代诗人刘子翚就有这样一双诗情扑闪的慧眼，这样一颗空灵生辉的诗心，他的小诗《夜凉》带给我们一份清凉，一份优雅。在酷热难耐的夏夜读这首诗，则清风扑面，沁人心肺；在心浮气躁的白天读这首诗则气定神闲，心平气和。诗歌是这样写的——

茅舍萧萧暑雨余，夜凉清若在冰壶。一窗月上杉篁影，便是人间水墨图。

我羡慕并向往诗人那种感觉，拥有几间茅舍，坐对一脉青山，不求奢华富贵，不讲精致华丽，每天与青山相伴，与绿树对话，扑面是缕缕清风，张耳是鸟语天籁，开心则游目骋怀。特别是在夏秋之交，烈日当空，赤地千里，暑气蒸腾，酷热难当，这里却是郁郁苍苍，浓阴匝地，纳凉消闷，非此莫属。白天，一场秋雨萧萧而至，冲散了污垢尘埃，涤净了山花草木，退去了炎炎暑气，山林和身心一样清爽，花鸟和玉壶一样洁净。张口呼吸清新空气，张耳倾听空谷山风，放眼遥接山峦翠绿：玉宇澄清，山明水净，心旷神怡，好不爽快！诗人感受到了一方山林的迷人魅力，诗人体验到了清凉如水的轻松惬意。那个夜晚，远离了滚滚红尘，淡去了扰攘喧嚣，在山林，在茅舍，没有人和你谈功名得失，没有人和你辩是非贤愚，没有人说宏图伟业，只有竹篱茅舍静谧无声，只有苍山翠林妩媚生辉，只有空山明月相依相伴，只有缕缕山风絮絮不停。身在清凉处，心怀高洁情，身心自由，神思无边，那份潇洒，那份自在，是任何执念功名的科场士子永远不能理解的，也是铜臭冲天、贪欲如潮的凡俗之人永远不能体会的。清凉如在冰壶，清洁亦如冰壶，几间茅舍简陋却不低俗，一位诗人，平凡去不平庸。

  生活富有诗意，诗意要善于发现，善于捕捉。山居的诗人，在这个凉风习习、皓月朗照的夜晚，突然发现一幅高洁唯美的画面。月照窗户，风移影动，树影斑驳，珊珊可爱。几竿翠竹，掩映窗户，摇曳多姿；几株杉树，暗影幢幢，生机勃勃。这是山居独有，尘世莫及的绝美画图，这是幽人独享、别具灵性的高雅艺术。诗人津津有味地欣赏这幅人间水墨画，宁静祥和，幽雅脱俗，深邃空明，光影生辉。一颗心融化其中，一腔情濡染山林，一扇窗框定的曼妙树影，一窗月照亮了诗心慧眼，这幅画挂在茅舍，挂在山林，挂在月下，也挂在诗人心中。清代桐城派散文大师归有光散文《项脊轩志》如此描写书阁阅读生活——"明月半墙，桂影斑驳，风移影动，珊珊可爱"。宁静幽深，空明亮丽，适合读书，适合养性，难怪归有光心态如此平和静穆，如此自在逍遥。同样，刘子翚的空山明月、翠竹幽窗也是一道亮丽的风景，映照出诗人高洁不俗、纤尘不染的心灵志趣。另外，还需体味的是皎皎明月，森森翠竹，月是光明高洁、率真坦荡的情意写照，也是圆满美好、光辉灿烂的理想折射。王维不是有"明月松间照，清泉石上流"的咏赞吗？竹则多与文人雅士相伴，寓含志节，比类情操，正直挺拔，清洁光润。苏轼曾言"宁可食无肉，不可居无竹，无肉令人瘦，无竹令人俗"。可见，有竹有月，有情有志，有心有性，涵咏体味，自然可以理解诗人乘凉月下，心怀高洁，精神舒展的畅快与自由。

我每每玩味此诗，总是沉浸其中，神思久远。小时候，夏夜纳凉，幼小的我总是搬着一只小板凳，随奶奶一起坐在院子里的大树下。明月朗照，树影婆娑，奶奶在月下纺纱，纺车转动，呜呜作响，如水的纱线不断从奶奶灵活的手中抽出，变魔术一般，令人惊叹。月光照亮了奶奶布满皱纹的面庞。我问奶奶，奶奶，天上有多少颗星星啊？奶奶说，你数数吧，我就仰头数星星，指一颗，数一声，不知不觉，总是出错……其实，我哪能数得清呢？不过，那些夜晚，却深深印在我的脑海里了，有月的夏夜，我就会回到童年，回到那天真快乐的晚上。

鹅鸭不知春去尽

——晁冲之《春日二首》（其二）散读

春天的来临总是让人心花怒放，精神振奋，因为春天象征着希望和未来；春天的逝去总是让人低迷不振，怅然若失，因为随着春天流逝的还有人世间许多美好的东西，比如理想，青春，爱情和生命。宋代诗人晁冲之对春天的消失感触尤深，其名作《春日二首》（其二）绘景传情，临水伤春——

阴阴溪曲绿交加，小雨翻萍上浅沙。鹅鸭不知春去尽，争随流水趁桃花。

描绘阴绿映水，雨打浮萍的宁静，歌咏鹅鸭戏水，争先恐后的欢乐，也抒发诗人留春无计，叹春归去的伤感，体物细腻，情思复杂，的确是一首情景交融，余韵悠长的佳构。

首句涂色，小溪两岸，草木阴阴，河道弯弯，波光粼粼，浓阴深绿交相辉映，幽美风光引人入胜。"阴阴"叠用，状春之色彩，绿树相连，枝叶掩映，生机勃勃。"曲"字绘形，弯弯曲曲，潺潺流淌，是一溪流动不居的波光，是一脉浓绿深翠的碧波。诗人涂色绘彩，体会精准，层次清晰，足见心欢情悦，志闲意舒。绿色一溪，晶莹剔透，可以安定人的心神，可以平静人的心绪。草木阴阴，逶迤绵长，凸显暮春勃勃生机，烘托诗人深情赞美。次句绘萍，雨打浮萍，搁浅沙滩，波澜不惊，静静流淌。体物察情，极为精准，写景状物，至纤至微。雨"小"而霏霏，声"小"而淅沥，才有浮萍翻覆，才有微波涌动。浮萍"上"岸，雨打浪推，自然而然。诗人在意，在意一份细微的景物变化，在意一份宁静的心情。诗歌一、二两句侧重写景，借景抒情，首句是总体印象，次句是特写镜头，如果没有对春天景物的细心观察，如果没有对自然景物的好奇爱恋，写不出此等浓情四溢的诗句，画不出此等流光溢彩的画图。暮春之美，美在浓阴深密，小河弯弯；美在小雨淅沥，浮萍上岸；美在心有春天，物物生辉。

  诗歌三、四两句触景生情，大发感慨。诗人直言，鹅鸭不懂得春天已经逝去，争先恐后，追逐着飘落于水面的桃花。鹅鸭戏水，追流逐花，自由自在，无拘无束，它们是快乐的，它们是充满活力的，诗人从它们身上看到了暮春的生机。如果说诗歌一、二两句是侧重于静态景物的描绘的话，那么诗歌三、四两句则侧重动态景物的摹写，春之活力，春之神韵，动静适宜，各尽其妙。但是，另外一方面，我们不能忽略，诗人的言外之意，情外之思。鹅鸭不知人有知，流水无情人有情啊，随着流水流去的除了桃花，除了春天，还有许许多多美好的事物，举凡人生能够引起人们珍惜眷恋的东西，比如理想，青春，希望，都在"桃花"之列，桃花是一切美好事物的象征，桃花在春雨中凋零，在流水中消逝，触动诗人的心灵，引发诗人的联想。人生在世，岁月如水，随着如水岁月凋零、飘逝的不也有许许多多的东西吗？没有人能够留住春天，没有谁有办法留住春天，只有那些傻乎乎的鹅鸭追逐桃花，自由自在，它们不懂，它们又如何能懂呢？它们不是诗人，不会伤春惜花，不会临流叹逝，它们只懂自己，只懂快乐，诗人不能和它们沟通交流，诗人只能埋怨它们，责怪它们，诗人只能沉重地叹息，春天已去，人生萧索！写到此处，我想起了苏东坡的题画诗《惠崇春江晚景》"竹外桃花三两枝，春江水暖鸭先知。蒌蒿满地芦芽短，正是河豚欲上时。"春临大地，天气回暖，鹅鸭先知，欢欣鼓舞，苏子为春天的来临而欢唱，为鹅鸭的自由而放歌。晁冲之则不然，为春天的逝去而哀叹，为鹅鸭的无知而遗憾，其实，诗人的心都是相通的，诗人都喜爱春天，为它欢喜，为它忧愁，心中拥有春天，人生永远光明灿烂。

桃花随着淅淅沥沥的春雨而飘零，桃花随着悠悠流水而消逝，诗人看到了岁月无情，桃花有恨，诗人伤心人世间那些美好的东西也如春水桃花一般，渐行渐远，没有办法留住它们，似乎也没有人留意它们，这个世界上，只有诗人还在关注一溪流水，一溪桃花，一溪岁月啊！

辑三

羁旅愁思

独骑瘦马取长途

——晁冲之《夜行》散读

记得有位哲人说过，人生就是一个行走的过程，不管白天还是黑夜，不管仕途还是荒野，思想与身体一起行走，情感与风光一块漫游，希望的激情最终化为失望的苍凉，少年的青丝最终化为老朽的白发，这是人生的惨烈，也是世态的悲辛，谁也无法阻挡，谁也无法把控。读宋代诗人晁冲之的小诗《夜行》，我总是产生这种感受，悲慨万千，百感交集。诗歌是这样写的——

老去功名意转疏，独骑瘦马取长途。孤村到晓犹灯火，知有人家夜读书。

夜晚适合于行走，无论是身体上的还是心灵上的，只有绝对的漆黑才能够还原真实的自我，诚如当代著名诗人顾城所言，黑夜给了我黑色的眼睛，我却用它来寻找光明。人只有在茫茫茫然黑夜之中才能更真实地感觉到自我的存在和思想的运转，只有在绝对孤独的情境之中才能更清晰地反思人生，认识自我。那么，晁冲之的夜行，没有同伴，没有喧嚷，他又看到了什么？他又想起了什么呢？

一个老人，骑着瘦马，冒着渐次加浓的夜色，孤独行走在漫漫长途，不知道他从哪里来，也不知道他要到哪里去，行走黑暗就是一种状态，一道风景。我们只能揣测，这趟人生之旅，他该肩负了怎样的沉重与苍凉。功名利禄，富贵发达，是他早年的梦想，不难想见年轻的诗人，风流倜傥，才情卓异，怀抱雄才大志，张扬进取精神，在人生的道路上，一路拼打，一路高歌；而今早已参透人生，看破红尘，功名不再重要，富贵等同浮云，人生变幻无常，留给他的不是荣耀和自豪，不是丰盈和充实，而是淡泊与平静，而是孤独与凄凉。他骑着这匹老马，与西风为伍，以长途为伴，走向黑夜，走向漫长。瘦马天涯，是老诗人的宿命写照。老马之瘦见证长途奔波、风尘仆仆的艰辛困苦，更折射诗人心灰意冷、萎靡困顿的颓丧状态。"古道西风瘦马……断肠人在天涯。"是游子浪迹天涯、思归不得的痛苦写照；告别功名，独向天涯，是晁诗人晚景凄凉，身心孤寂的艰难写照。长途漫漫，黑夜森森，代表不可知的未来和不容乐观的处境，一个老诗人和一匹老马，要走完一段不知有多远的旅途，这本身就是一种荒诞得逼真的冷酷！

　　一盏灯火点亮了诗人的眼睛，也映照出诗人的人生。那是什么地方？一个荒凉冷落的村庄，一个幽深黑暗的夜晚，老诗人发现有一扇窗口，透出几缕光芒，已经是拂晓时刻，冷风凄凄，残月低垂，竟然还有山野人家的孩子在刻苦攻读！他应该有希望，他应该有未来，那盏彻夜不眠的灯火，就是明证。诗人的心是温暖，他祝福这个年轻人，他的发奋苦读，终究会换来出人头地之日，就如诗人自己当年苦心向学一样；他的心又是悲凉的，谁又能够保证人生一路顺畅，一路发达呢？就像诗人自己，摸爬滚打，寒窗苦读，也免不了仕途坎坷，老境颓唐，这个年轻人的未来又是如何呢？诗人从自己的孤独夜行中似乎看到了什么，想说却又不忍心说，他不愿意去打扰这位发奋苦读，可亲可敬的年轻人，他不忍心把自己颓丧低迷的姿态呈现在年轻人面前，他更不想向年轻人倾诉自己的悲辛和痛苦，他选择了无声地离开，他选择静默地走过这个荒村，但是悲凉的心头始终有一盏挥之不去的油灯，闪闪烁烁，既温热又诡异，既亲切又陌生。他还有更远的路要行走，他上路了，注目一下那扇窗口，那盏灯，还有那个模糊的身影。

时间永恒流逝，白天和黑夜永恒轮替，老诗人有永远走不完的路，诚如西西弗斯，推着巨石上山，让石头滚下山脚，又推上去，如此反复，永无结束之日。今天，我们还是这个寒窗苦读的年轻人，挑灯夜读，悬梁刺股，何日是终点，哪里是目标，真的不知道。我想起了一个故事，一个年轻人去登山，他坚持不懈，奋勇攀登，不去理会沿途的风景，不去理会世俗的目光，终于他登上了山顶，举目四望，他终于发现，除了站在山顶，他什么也没有，他收获了空虚和苍茫！谢谢晁诗人，用夜行者的目光为我们指引人生之路。

飞花两岸照船红

——陈与义《襄邑道中》散读

喜欢陈与义的小诗《襄邑道中》,主要是喜欢那种风行水上,船走画中的感觉,也喜欢诗中透露出来的光明亮丽,志得意满的人生情怀。诗歌是这样写的——

飞花两岸照船红,百里榆堤半日风。卧看满天云不动,不知云与我俱东。

风是诗歌的核心意象,它串联起襄邑河道所有的暮春景物,编织了一幅幅优美迷人的图画。

因为江面有风,而且风大,才有暮春花朵的凋零飘飞;因为花谢花飞,落红无数,才有船儿如花的迷离恍惚。"照"字描绘出一幅花飞红艳、溢彩流光的美丽画面,花光闪烁,夺目生辉。"红"字自然不仅仅是写花红,说船红,是一种错觉,似乎船红如花,人艳如花,因为花在空中飞,船在水上行,由此也不难想见诗人满眼灿烂,满心欢喜的风采。陶渊明《桃花源记》描写渔人的行踪——"忽逢桃花林,夹岸数百步,中无杂树,芳草鲜美,落英缤纷"……桃花瓣瓣,芳草萋萋,清流潺潺,小船穿行在如画风光之中,渔人陶醉在波光粼粼之上。崔护描写城南春游邂逅美丽姑娘的情景——"去年今日此门中,人面桃花相映红。

人面不知何处去，桃花依旧笑春风"。桃花灼灼，光艳照人，美人顾盼，醉人心魂，人面桃花，交相辉映，两全其美，真真叫人意乱情迷。陈与义写船行水上，红花纷飞，同样具有夺人心魂、令人陶醉的艺术效果。需要注意的是，历来诗咏落花，多是伤春惜花，悲叹时光流逝，岁月不饶人，或是抒发功业无成、理想沦空之意，但是，陈与义笔下的落花，落在暮春，飞在两岸，飘在水上，洒在船头，照亮诗人，何等红艳，何等风光！环境的光鲜亮丽折射出诗人自信乐观的积极心态。

百里河流，不可谓不远，船行其上，便是顺水也要一天两日方可走完；可是你瞧，诗人顺风顺水，轻舟似箭，半日刚过，就走完了百里榆堤。两岸榆林成荫，天空光明亮丽，空气清爽宜人，风儿推船鼓帆，百里相助，诗人一路平安顺畅，好不惬意，好不逍遥。船快乃是因为心情轻松愉悦的缘故，心情好当然又与人生境遇密切相关。据记载，诗人写作此诗时年仅27岁，才华横溢，大志有为，对生活充满自信，因此他心中的暮春景色无一处不光明灿烂，他笔下的行船自然也是顺风顺水。李清照晚年处境悲凉，孤居独处，心灵倍受煎熬，失夫之痛，亡国之悲，漂离之苦，破家之愁，翻涌心间，因此她的词《武陵春》这样写——"闻说双溪春尚好，也拟泛轻舟；只恐双溪舴艋舟，载不动、许多愁。"船行迟缓，是因为愁重如山；无心赏景，是因为心情不好。两相对照，不难体会陈与义春风得意、兴高采烈的心态。

这一路的行船，诗人除了看花赏树、沐风观水之外，还做了一件最有趣、最浪漫的事情，那就是一个人仰面躺在船上，任习习春风拂面，看蓝天白云飘飘。云在走，我也走；水在流，船也流：蓝天白云，绿水清波，构成一幅流动和谐的画面，人和船融汇其中。因为云动船也动，因为水流船也流，诗人感觉到天空中的云朵和人一样是静止不动的，直至快要走完百里水路，诗人才意识到，原来天上的云朵与船上的自己早已东行百里。如此错觉，生动而又有趣，轻快而又舒适。另外，诗人的"卧船看云"这种方式也很有意思，你想想，蓝天高远无际，白云悠悠飘移，天气清爽宜人，多么开阔的视野，多么开朗的胸襟，多么旷达的情怀啊！我也有这样的体验，春日融融的时候，划一叶小舟至江中垂钓，仰面躺在舟上，看白云悠悠，听流水潺潺，无心钓鱼，有意看天，自由自在，无拘无束，天马行空，简直远离了红尘人间！我相信诗人的感受一定很舒适，很畅快！因为他是自由的，他对未来充满了希望。

全诗写景抒情，情浓意盛，如缕缕春风，温暖人心。风是助推手，花因风而飞，云因风而动，船因风而行，人因风而爽，是静是动，是光是色，水乳交融，浑然一体，呈现出一幅色彩斑斓、明丽流荡的自然画卷。画中卧着一位27岁的年轻人，这个春天属于他，这段行程有他更精彩！祝福诗人，顺风顺水又顺心！

万顷沧江万顷秋

——董颖《江上》散读

诗人乘舟，喜欢在秋天漂泊，喜欢在大江游荡，除了内心的艰辛苦梦之外，也有秋高气爽，天朗气清的诱惑。一叶小舟，浮游天地，摄山川入眼，纳四季于心，诗歌变得沧桑，变得深重。读宋代诗人董颖的诗歌《江上》，既有阔大开朗，令人神往的境界，也有漂游浪荡，奔波不定的忧愁，明丽与哀怨同在，情思与景物相融。诗歌如此写道——

万顷沧江万顷秋，镜天飞雪一双鸥。摩挲数尺沙边柳，等汝成阴系钓舟。

沧江万顷，一碧汪洋，横无际涯，浩浩荡荡；秋高气爽，惠风和畅，天地清朗，浩渺无垠。诗人荡舟沧江，极目长天，敞开胸怀，放逐心灵，天地为之开阔，世界因之精彩。诗人看到了什么呢？蓝天白云倒映江中，青山绿树撞入眼帘，万顷沧江波光粼粼，轻盈白鸥翩翩飞舞。多么美丽神奇的画面！多么开阔明朗的意境！人在江上游，如在镜中走，浑然一色；山水相连，动静得宜，浓淡相配。雪白的鸥鸟，勾勒出雪白的弧线，是流动的风景；潇洒的诗人，站立出如痴如醉的情态，是凝固的风景；一碧万顷，波光动荡，是浓郁的风景；天地空明，万物萧索，是清淡的风景。诗中藏画，景中含情，读到诗歌开头两句，我们和诗人一样沉醉其中，激动不已。秋天不全是落木萧萧，死气沉沉，秋天也有空明亮丽，生机勃勃的一面，关键在于诗人是以怎样的眼光和心态去看待。漂泊天地本来是件辛苦烦心事，可是诗人毕竟心胸豁达，情怀乐观，态度积极，因此，他看到了万里秋空万里晴，也领略到了万顷秋江万顷情。诗人是自由的，像轻盈飞舞的白鸥；诗人是清明的，像容纳万物的秋江；诗人是开阔的，像辽阔无边的秋空；诗人是幸福的，因为他拥有如此壮观、美丽的自然画卷。诗中"万顷"两次出现，让人想起苏轼《赤壁赋》的意境来："纵一苇之所如，凌万顷之茫然，浩浩乎如冯虚御风，而不知其所止；飘飘乎如遗世独立，羽化而登仙。"自由自在，无牵无挂，飘飘欲仙，神乎其神！董诗人用"万顷"，不见诗人荡舟的渺小孤寂，反显轻舟游荡的自由放旷，更见诗人心胸的豁达开朗。我们记住了，万里秋空之下，万顷碧波之上，有一颗灵魂在自由地飞翔。

　　如果说诗歌一、二两句侧重于描写江上景，抒发快乐情的话，那么诗歌三、四两句则主要是表达诗人的生活感悟和人生忧虑。诗人看到江边沙岸绿柳飘拂，婆娑起舞，诗人怜惜这些清新娇嫩，生机勃勃的小柳，诗人希望这些小柳快快长大，等到绿柳成荫之后，就可以系住诗人飘荡的小舟了。言外之意显豁，诗人希望停泊，希望结束这种长年累月漂流浪荡的生活；现实境况是，因为这样或那样的原因，诗人不得不漂泊，不得不奔走四方。因此，期望之中流露出哀怨和忧愁，自由之下包含不安和不愿。荡舟江行，自由与否，因人而异，因境而别。隐者闲适，纵情山水，浮舟来往，是彻彻底底的自由；失意者胸怀郁愤，求仕无门，泛舟四海，是伤心痛苦之奔波。诗人希望绿柳成荫系钓舟，流露出结束漂泊，归隐田园的意味。想想看，不去经历江天风浪，不去冒险官场倾轧，不去涉足世俗名利，驾一叶轻舟，于绿柳浓阴之下，于沙岸湾曲之处，静心垂钓，沉思默会，与山水对话，与天地交心，不在乎水中的鱼，而在乎心中的自由，这不也是一种令人向往，令人羡慕的理想境界吗？

　　人生如赶路，走累了，想休息。经历了复杂，反想归于简单；经历了喧哗，反倒渴求宁静。从这个意义上讲，诗人的瞬间顿悟恰好是表达了一种内心积存已久的渴求，渴求清静，渴求闲适，渴求自由。读一首诗，特别是宋代诗人的作品，其实就是读一种人生，读诗人的生活态度和情趣追求。董颖这首小诗给我们描绘壮丽秋景，让我们目随心往，也暗示人生，让我们若有所思，的确是一首意味隽永的好诗。

寒星无数傍船明

——秦观《秋日》散读

秋天属于漂泊的诗人,秋夜属于不眠的心灵,诗眼烛照过的风景熠熠生辉,诗心点化过的世界多姿多彩。读宋代诗人秦观的《秋日》,你就会身入诗境,心会诗情,与诗人一道观星看水,与诗人一道同悲共喜。那个夜晚秋霜弥漫,天地清寒;那条小船载满星辉,飘摇而过;那份心情忽疑忽悟,如梦似幻。诗歌是这样写的——

霜落邗沟积水清,寒星无数傍船明。菰蒲深处疑无地,忽有人家笑语声。

诗写秋夜行船,洞察微妙心情,风景与诗情同在,人物与画面统一。

船过邗沟,秋霜微降,江水清明。天上无数星星,倒映水中,异常明亮。繁星闪烁,天地空明。这是诗歌一、二两句所描绘的意境。措辞用语,可圈可点。秋霜"落"空,细微稀少,似有若无,但是清冷寒凉,砭人肌肤,沁人心肺。邗沟积水,清澈透亮,波光粼粼,折射皓月朗照,星辉灿烂。寒星点点,倒映水中,环绕船身,闪闪烁烁,迷迷离离,给人以如诗如画,如梦如幻之感。想想看,船行水面,星星相随,人沐月华,目会星辉,何等飘逸,何等奇幻!李白《蜀道难》曾这样描写大诗人的经历——"扪参历井仰胁息,以手抚膺坐长叹。"诗人在崎岖盘旋的山路上行走,穿梭在星星之间,只要伸出手,随时可以触摸到奇幻的星星。大诗人的想象有多浪漫,有多奇妙。秦观的想象与李白类同,只是一个在天上,一个在江面。我倒是特别神往秦观笔下这种意境,有明月映照,有星星相伴,以船为家,以水为邻,从流飘荡,任意东西,这是一个自由无碍的世界,这是一个空灵清旷的世界。我曾在长沙游览湘江风光带的时候看到这样一幅图景,一渔翁划一叶轻舟至江心垂钓,不是像一般垂钓者那样静坐船上,挥竿抛线,眼观鱼漂,而是仰面朝天,躺在船上,滋养精神。头枕湘江粼粼碧波,目极楚天辽阔高远,耳接习习凉风,胸怀天地宇宙,他哪里是在钓鱼,他是在与湘江对话,与天地交流啊!这一刻,我认为,他是世界上最幸福的人,因为他拥有无比广阔的天地。由此我想,好的诗歌应该具有引发人们感动联想的功能,秦观这首诗就是典范。

只不过,我们还得要注意,秋"霜"冷峻,秋水冷清,星光寒凉,这些字眼又透露出一股幽冷、孤寂的氛围,暗示诗人漂泊水上,行踪不定的艰辛与凄苦。因此,可以说是,如画风光当中蕴含奔波风尘,轻灵自由之下暗藏劳碌苦辛。

如果说诗歌一、二两句主要是展示意境美或图画美的话,那么诗歌三、四两句则主要是刻绘诗意美。行船靠岸,不见码头人家,但见小草繁密,树木森森,诗人担心、害怕,这么冷的夜晚,到哪去歇一会呢?睡个好觉,吃顿好饭,暂时安顿一下心灵,这几天的奔波,的确需要调整一下啊……正当诗人疑心"无地"的时候,忽然听到几声"笑语",方知岸上原有"人家","疑"团"忽"解,心意豁然。"疑"字流露出惊恐不安,心无着落。"忽"字显现豁然开朗,惊奇欣喜,正如陆游诗句所云"山重水复疑无路,柳暗花明又一村"。"笑语声"也很关健,说明岸上人家团聚一堂,笑语喧哗,很幸福,很温馨;诗人正愁没地方投宿,忽然遇到这样的人家,这样的欢声笑语,心灵的孤寂一扫而空,心灵的清冷一挥不见，怎能不高兴呢？要是换成"哀哭声"，则大煞风景，愁上加愁，这是诗人漂泊憔悴的心灵绝对难以承载的。我们庆幸，为诗人，那天夜晚，那个秋意寒凉的夜晚，诗人终于可以睡上一个安稳觉了。

　　一个夜晚，秋霜弥漫，寒星闪烁，积水清明。一个诗人，站立船头，心事重重，凝视远方。他在欣赏如诗如画的风光，清旷幽冷，辽阔自由；他在忧虑漂泊不定的人生，就如今夜，何处安身？他是幸运的，老天偏爱诗人，诗人找到了笑语人家。这些笑语，给他的心灵带来温暖，给他的人生增添亮色。诗人无眠，因为忧愁，也因为高兴，还因为风光。

岳阳楼上好风光

——萧德藻《登岳阳楼》散读

洞庭天下水，岳阳天下楼；八百里洞庭烟波浩渺，无边无际；几千年名楼雄据湖畔，傲视苍天。水因楼的雄伟壮丽而遗响千年，楼因水的恢宏阔大而气象万千，水楼相衬，天地相接，构成了一个辽阔壮观，气势磅礴的奇异世界。千百年来，无数文人墨客荡舟洞庭，临波怀古，登楼赏景，临风兴感，写下了无数华彩诗章，完全可以说，洞庭汪洋是一座诗歌的海洋，巍巍楼阁是一座诗歌的高峰。宋代诗人萧德藻的诗歌《登岳阳楼》是诗歌海洋中的一朵浪花，折射出太阳的光芒；是诗歌楼阁中的一颗宝石，闪耀出夺目的光彩。诗歌是这样写的——

不作苍茫去，真成浪荡游。三年夜郎客，一柁洞庭秋。

得句鹭飞处，看山天尽头。犹嫌未奇绝，更上岳阳楼。

诗人多年来客居异地，流浪他乡，山川阻隔，归思无计，感到非常痛苦，非常窘迫。诗人向往自由，钟情山水，陶醉自然，希望身长翅膀，脚踏祥云，飞越太空，抵达苍茫辽远天地；但是，这只是虚妄幻想，南柯一梦已，美好的向往被冰冷的现实击得粉碎。现实的境况是诗人不得不浪迹蛮荒，身心受难。极不情愿却又毫无办法，心比天高却又命比纸薄，还能怎样呢？夜郎是西南荒僻之地，穷山恶水，险象环生，诗人一待就是三年，没有柳宗元贬谪永州的超脱豁达，没有苏东坡贬谪岭南的乐观坚强，萧诗人可谓心力交瘁，疲惫不堪，内心充满了郁愤不平，内心渴盼早日结束这种漂泊不定的生活。诗人缘何客居夜郎长达三年之久，诗未直说，有待考证，但是，心愿不遂，沉沦落魄却是不争的事实。幸好，今生今秋有机会离开荒蛮，徜徉洞庭，心灵为之开阔，胸怀为之振奋，诗人在这个秋高气爽的季节，驾一叶轻舟，凌万顷碧波，乘浩荡秋风，行于所行，止于所止，自由自在，无牵无碍，胸怀像洞庭一样广阔，意兴像秋风一样高扬，神情像秋空一样清爽。多么开阔的视野，多么宏大的气魄，多么壮观的画卷。雨果曾经说过——"海洋是宽广的，比海洋更宽广的是天空，比天空更宽广的是人的心灵"。诗人欣赏八百里洞庭的浩浩荡荡，横无际涯；诗人感叹人生的否极泰来，柳暗花明。挣脱枷锁的自由比一切自由都珍贵，结束梦魇的幸福比一切幸福都深刻，诗人的自由与幸福，乐观与豁达，全都写在诗句中，写在洞庭上！

　　放眼洞庭，白鹭翻飞，轻舞飞扬，划出一道道白色的弧线，叠映在洞庭碧波之上，构成美丽的风景，诗人心潮澎湃，诗情涌动，自己不也正是一只扇动翅膀，自由飞翔的白鹭吗？盼星星，盼月亮，盼到了这一天，理应庆贺，把欢乐洒向天空，把激情倒入洞庭，投入洞庭怀抱，拥抱湛蓝天空，天空是白鹭的家园，天空也是诗人的向往。极目远方，青山隐隐，绿水迢迢，水天相接之处，一线如发，横亘天际，牵动激动的目光，振奋跳跃的心灵。永远有多远，如发青山已作回答；天地有多宽，如叶轻舟已作暗喻。诗人置身于这个白鹭翻飞，水天相接的世界，说不尽有多激动，道不完有多喜悦。白鹭与诗意齐飞，秋水共长天一色，诗人还不满足，还要渴盼欣赏到更壮美，更阔大的景象。于是，他舍舟弃岸，登上岳阳楼，居高望远，风舞衣襟，神驰万里，风光无限，鼓荡胸间。杜子美诗云"会当凌绝顶，一览众山小"，登高望远，君临天下，人生无畏，挑战自我。王之涣诗云"欲穷千里目,更上一层楼",登高望远,抒心明志,砥砺人格,壮阔情怀。萧诗人"犹嫌未奇绝,更上岳阳楼",则高瞻远瞩,饱览祖国壮丽山川,抒写人生豪情壮志,登高是风景,是文化,是人格体现,是心志追求,千古登临事,得失寸心知。诗人游水观山,心有所得,激昂写在天边,快乐融入江海。

　　泛舟洞庭,欣赏它的阔大磅礴;登楼临风,感叹它的雄伟壮丽。人生气象,山水情怀,全都蕴含诗中,全都释放天地。人生贵在大气度,远追求,洞庭山水,岳阳名楼,静立千年无声,告诉我们这一真谛。

徙倚轩窗看夕阳

——晁补之《题谷熟驿舍》散读

宦游天涯,寄居驿舍,免不了触景生情,临风发感,风景不能选择,满目都是伤感,旅途不能预测,心中充满困惑。和传统意义上的外出旅游不一样,诗人没有好心情,旅途没有好风景,所见所闻不是老树昏鸦,猿猴哀鸣,就是败柳残荷,雨打梧桐,这个时候,这些衰败破碎的景象,这种苍凉静穆的氛围,格外容易打动诗人,引发诗人的身世感怀。因此,我们看到面对如血残阳,诗人凝眸沉思;面对雨打浮萍,诗人落泪;面对残荷败柳,诗人伤心;面对落木萧萧,诗人无语。宋代诗人晁补之的诗作《题谷熟驿舍》就是这样一首缘情生景,触景伤情的记游之作,风景萧索静穆,意绪沉重低迷,诗歌是这样写的——

驿后新篱接短墙,枯荷衰柳小池塘。倦游对此忘行路,徙倚轩窗看夕阳。

驿舍很普通,普通得没有什么引人注意的风景,既不是桃江柳绿,鸟语花香,也不是亭台楼阁,绿树婆娑,就只有几间客房,一个池塘,几株败柳,一圈篱笆,想想看,这能叫风景吗?哪里没有?何处不见?但是,风景从来都存在于诗人的心中,对于一个奔波天涯,心力交瘁的诗人来说,驿站就是温暖的家。赶路累了,歇歇脚,喝两杯,驱除疲劳,恢复精力,继续赶路。天黑了,住一晚,入乡随俗，将就凑合，安顿心灵，抚慰相思，明日再走。时间在走走停停中流逝，青春在风尘仆仆中老去，诗人对这样的生活习以为常，也对变动的"家"滋生感情。因此，在诗人的心目中，流动的家和流动的风景都是常态，都是心结。

于是，我们看到，在晁补之的笔下，这座普通得不能再普通的驿站，具有别样的美，清静、破旧、衰败、苍凉。驿舍的后面是新垒的篱笆，连接低矮的围墙，墙内是一个小池子，池中点缀几株残荷，池岸是几株衰柳，在夕阳的映照下，整个环境显得有几分黯淡凄凉。篱墙相接，高低不等，残缺不全，隐隐见出驿站的沧桑与斑驳；迎来送往，春秋代序，几多风雨，几多变迁。诗人看出了"新篱"，是"短墙"，是陈旧、残破当中的一抹亮丽，是没有风景处的风景。不同于陶渊明笔下的"采菊东篱下，悠然见南山"，陶渊明是在自家菜园采菊，篱笆圈出的是一片灿烂的风景，一片自由的天地；晁补之这儿的篱墙则是沉重与沧桑的见证，辛苦与劳碌的写照，我们读不出悠闲淡泊，读不出从容自在，相反，我们隐隐约约感觉到，诗人很苦很累。即便是那个小小的池子，可能是供旅人饮马之用的，也是黯淡破败，死气沉沉。荷，枯了绿叶，败了红花，错过了生命的季节。柳，退了碧绿，瘦了枝条，失去了蓬勃生机。小小的池子，不像其他明亮的水波，倒映出模糊的柳影，一切都静无声息，一切都悄然逝去，老去的是枯荷败柳，也是诗人憔悴、困顿的心。暗淡的是咫尺池塘，也是诗人曾经意气风发的精神。风景写满羁旅愁恨，驿舍接纳一位不眠的诗人。

诗人沉浸在新篱旧柳、残荷落日所构成的静穆苍凉的世界之中。他忘记了一切，忘记了已经走过的路，忘记了行程的坎坷不平，忘记了一路的奔波辛苦，也忘记了明天还要前行，他就那样，倚窗而立，凝眸远眺。夕阳落山，黄昏如血，天地暗淡，心境苍凉，也许诗人想起了什么，也许诗人什么也想不起，他被一种氛围所感染，他被一种命运所困扰，他的心绪需要梳理，他的心情需要调适。

明天，还有多少风霜雨雪？明天，还有多少落日黄昏？诗人不知道，我们也不知道，这是一个永远也没有答案的追问。我们只知道，在一间普通的驿舍，疲倦的诗人倚窗而望，他望见了如血的残阳缓缓西沉，他无言，天地也无言，宁静属于他，忧伤涌动心间。那个夜晚，他注定不眠。

诗人在没有风景的驿舍发现了风景，诗人在眺望逐渐暗淡的夕阳，诗人的心灵和风景一样暗淡，他不知道，这份暗淡、苍凉深深地感动了千秋百代的游子。

卧听疲马啮残刍

――晁端友《宿济州西门外旅馆》散读

人生天地免不了孤独寂寞，说不清为什么，道不明源自何事，这种情绪弥漫心空，难以排遣，久久折磨人心，这个时候，读一读那些流浪漂泊的灵魂，读一读那些倾吐落寞，抒发哀伤的诗章，或许会从他人的经历中获得某种慰藉，某种共鸣。宋代诗人晁端友的小诗《宿济州西门外旅馆》，就是这样一首适合在寒冷的冬天阅读，适合在孤寂无聊的境况下阅读的诗。全诗是这样写的——

寒林残日欲栖乌，壁里青灯乍有无。小雨愔愔人假寐，卧听疲马啮残刍。

我同情这些客居他乡、漂泊不归的诗人，喜欢他们自伤身世、吐露忧愁的诗篇，因为他们的经历和反映这种经历的诗篇基本上表达了一种普遍而真切的人生体验。时不分古今，地不辨东西，诗人如此，人皆如此，天底下的冷清、落寞、悲苦、忧伤，本质上是相同的，相通的。投宿旅馆，是一种生存状态，更是一种苦难忧思的含蓄写照。读晁诗人这首小诗，我记住了一个情境，奔波了一天的诗人，连同他那匹瘦弱的老马，在秋冬日落的傍晚，投宿一家陌生的旅馆，陪伴他们的只有漫漫长夜和无边孤寂。走进这个世界才能够走进诗人的心灵，走进这个世界才能走进真切的人生。

记得那是一个秋日的傍晚,夕阳的余晖洒落在光秃秃的树枝上,山风吹来,冷气森森,天空中,几只乌鸦来回盘旋,不时发出哑哑的鸣叫,惊吓了正在赶路的诗人。时间不早了,诗人还在匆匆行进,他应该找个地方住宿一晚,休息一下,明日接着赶路,可是,到哪里去呢?哪里才有客栈或人家呢?乌鸦尚且知道日落投林,归巢过夜,乌鸦尚且知道呼朋引伴,相互提醒,可是诗人呢?一个人骑着一匹老马,行走在孤独的小路上,没有朋友相伴,没有亲人相随,不知道在哪儿安身,不知道迎接他的又是一个怎样的夜晚。那如血的残阳透过树林,洒下斑斑点点,让人感到深秋的清冷和寒凉;那恐怖的鸦鸣,划破天空,回荡山林,也回荡在诗人的心坎上,让人感到黑夜的不安和神秘。诗人啊,你究竟要到哪里去?为什么迎接你的总是这些残败枯惨、冷清苍凉的东西?乌鸦自古都是凶险不祥的征兆,人见人厌,远而避之,其声凄厉,耳不忍闻,其形丑陋,惨不忍睹。我小时候曾随父亲赶山路,也是丛林,也是秋日傍晚,也是听到乌鸦怪叫,父亲总要呸呸地吐几口唾沫,口中念念有词,大意是诅咒这该死的乌鸦,不该这个时候出来打扰我们心情。晁诗人也在赶路,听到鸦鸣,心里有多惊吓,心中有多讨厌,我完全能够理解。

　　诗人还是幸运的,他经历丛林山径的寂寞旅行,走过了夕阳惨淡的恐怖时光,离开了乌鸦声声的凄厉鸣叫,终于来到了一家旅馆——济州城西门郊外,古道旁边的一家条件十分简陋的旅馆,不需讲究,也无法讲究,诗人就在这儿住下来。那个夜晚,他很孤独,很无聊,感受到了人生旅途上别样的凄清和冷寂。室内,空空荡荡,冷冷清清,没有热火熊熊的火炉,没有热气腾腾的酒菜,没有可以彼此关照的朋友,四壁如铁,冷冰冰,硬邦邦。如豆的清灯孤零零地站立在书桌上,忽明忽暗,闪闪烁烁,微弱的光亮映照着孤独的诗人,在墙壁上投上暗淡的黑影,拖长了诗人的孤独,也暗淡了诗人的心灵。冷风嗖嗖从窗纸缝隙中吹进来，青灯害怕，颤颤巍巍，诗人发冷，战战兢兢，这样的光景如何挨过？这样的冷寂如何消遣？室外，秋雨绵绵，无声无息，黑暗加浓了，天气变冷了，空气中弥漫着秋雨的寒凉和冷酷，屋子里充斥着诗人的孤独和不安。还是上床睡觉吧，也许钻入被窝，可以得到一点温暖，也许进入梦乡，可以忘却眼前的孤寂，可是，躺在同样冰冷僵硬的木板床上，诗人还是忧思翻腾，辗转难眠。听，冷风凄凄，穿窗而入；看青灯闪烁，影影幢幢；想秋雨蒙蒙，黑暗天地，想人生漂泊，寂寞凄凉……突然，从隔壁的马厩里传来阵阵粗重浑厚的声音，仔细一听，原来是诗人的老马在吃草呢。它也和诗人一样风尘仆仆，四处奔波，太劳累，太辛苦了！吃草也显得疲惫不堪，有气无力的，似乎吃了很久很久，只剩下不多的几口草了，而且是反复咀嚼，声音粗重，像一个重病老人在粗声喘气一样，像一个牙齿脱落的老人在艰难进食一样。这一切，诗人可是太熟悉了，奇怪的是，怎么平时就不注意这一切呢？偏偏要到今天晚上，这个情境下才发现这匹跟了自己多年的老马，如此衰老，如此颓丧呢？老马是可怜的，只有诗人同情他，诗人也是可怜的，只有老马陪伴他。人世间最大的孤独就是自己陪伴自己的孤独，人世间最大的痛苦就是自己安慰自己的痛苦，老马和诗人是一对苦命的朋友啊！

　　天亮以后，诗人得和老马又要赶路了，经受了一夜的煎熬，他们会有一段愉快的行程吗？祝愿他们好运！祝愿他们不再孤独！

我比杨花更飘荡

——石懋《绝句》散读

人生如树,有抽枝长叶、开花结果的时候,也有枝老茎枯、落叶归根的时候;人生如花,有迎春绽放、芳香四溢的时候,也有香消玉殒、生命枯萎的时候。宋代诗人石懋的一首小小绝句就表达一种人生如柳,奔波不定的深沉感慨。诗歌是这样写的——

来时万缕弄轻黄,去日飞毬满路旁。我比杨花更飘荡,杨花只是一春忙。

诗人是个辗转漂泊,行踪不定的人,成年累月,奔波在外,不管春夏秋冬,不管风霜雨雪,任何一种物候变化都会勾引诗人的无限感慨,就像诗中写到的杨柳一样,一荣一枯,今昔不同,敏感的诗人立即从它身上看到了自己风尘仆仆的身影,劳累不堪的心灵。诗人感叹,人生如柳,柳如人生,随风飘荡,与世沉浮,它们的命运在本质上是相通的。

人生漂荡,行踪不定,来到某个地方,恰逢春临大地,万物苏醒的时候,诗人敏锐地发现,在和煦春风的吹拂下,柳树抽枝长叶,生机勃勃,尽显妩媚。那些枝条,千丝万缕,随风飞扬;那些颜色,浅黄嫩绿,清新可人。杨柳的飘拂也许曾若干次勾起诗人的离别之思,但是眼前的美丽又温暖了诗人的心灵,激活了诗人的情思，诗人甚是喜欢。一个"弄"字，是杨柳枝条在炫耀美丽，还是在展示生机？是春风在抚弄绿柳，还是柳枝在轻舞飞扬？是诗人在细细观赏，还是诗人在孤芳自赏？说不尽，道不明，只有一点是毫无疑问的，诗人沉醉其中，其乐无穷，意味无限。诗人离开这个地方的时候，从他来到之时算起，已是一春，离别的道路旁边同样是脉脉含情的杨柳，也许还有前来送行辞别的朋友。诗人眼中，又见杨柳，只是这个时候，杨花凋落，聚成万千绒球，散落路旁，任尘泥污染，任马蹄践踏，任车轮辗轧，任人足踩烂，处境惨淡萧条，情意悲凄无奈。诗人伤心，又是一春，荣枯代序；诗人痛苦，轻黄嫩绿的勃勃生命何以很快就变成了飞花尘泥？生机不存，美丽不在，只剩残破，只留哀伤！一个"飞"字，没有半点轻舞飞扬，轻盈洒脱的意味，倒是增添了随风飘荡，身不由己的惆怅和担忧。一个"满"字只见落花无数，不闻扑鼻芳香，何其痛心，何其悲惋！

  从春来春去的变化上，诗人看到了时光流逝，无可换回；从柳荣柳枯的变化上，诗人看到了沧桑巨变，风尘忙碌。是啊，整个一春，杨柳都在忙，初春柳枝随风起舞，晚春杨花随风飘荡，相比它们，我可是更忙碌啊！这不，我刚到这个地方待上一春，马上又要离开了，忙忙碌碌，马不停蹄，到底是为了生存，还是为了功名？是为了自己，还是为了他人？是为了逃难，还是为了回家？……一切的一切，说不清，也似乎不需要说清楚，总之只感觉到一个字，忙！杨花只忙一个春天，我的人生不知要忙碌多少个春天？要忙到什么时候，才可以告一段落？诗人呼唤早一点结束这种漂泊天涯、奔波不定的生活，诗人厌恶这种有家难归、形单影只的日子。人都是有家的，从哪里来，还得要回到哪里去。一位哲人说得好，漂泊是为了回归，回归是一种也是一种漂泊。我以为，这种回归，身心疲惫，困顿不堪，不管你功成名就，飞黄腾达，还是功业无成，落魄潦倒，这种回归是沉重的，它承载着离别的痛苦和相思的煎熬，也承载着奔波的艰辛和旅途的凶险，当然回归也带着欢乐和荣耀，成功和幸福，但是本质上，回归是一种伤心的记忆，是一种痛苦的思念。杨花飘荡，只是忙，只是飞，它不懂得回归和漂泊；诗人飘荡，除了忙碌，还有艰辛，还有忧伤，还有失望……

其实，这首诗告诉我们的不只是诗人一个人的人生状态——忙碌不停，推而广之，人活于世，一路打拼，一路奔波，为功名富贵，为人情事务，为相思情长，为侠肝义胆，为亲朋团聚……谁人不忙，谁人不累？从终极意义上来讲，人生就是一个漂泊的过程，身体在世界上行走，心灵在荒原上漂泊。读一首诗，一首关于漂泊的诗，也许你会感觉到，这世间不只是我一个人在漂泊。是的，在路上，你，我，他，行色匆匆。

今夜细雨滴芭蕉

——吕本中《夜雨》散读

一帘幽梦迷离了失落的心灵，一场夜雨浇灭了生活的光亮，一棵芭蕉挂满了伤心的泪珠，我喜欢宋代诗人吕本中小诗《夜雨》中的这幅图景，这种氛围。

梦短添惆怅，更深转寂寥。如何今夜雨，只是滴芭蕉。

不知道诗人经历了怎样的坎坷曲折，不知道梦中所见所闻，所为所作，也不知道这首诗是诗人抒写自我感受还是代为传答他人心思，只感觉到那个夜晚梦短情长，雨冷风寒，人生萧瑟，心境苍凉。

梦是美好的，自由的。日有所思，夜有所梦，人们通过梦境可以消弭现实的痛苦，化解心中的郁结，实现美好的心愿。但是，梦又是凄凉的，残酷的，梦醒之后，烟消云散，全盘皆空，留给人的只是惆怅和失落，无奈和凄凉。庄周梦蝶真是写尽了梦的美好和残酷，你瞧，梦中的庄周，变成了一只美丽的蝴蝶，扇动着轻盈的翅膀，在花丛中飞舞，在草原上流连，在溪流边留影，自由自在，无牵无挂……可是，一觉醒来，庄子不得不接受这样一个残酷的现实，庄子还是庄子，躺在硬邦邦的床板上，四壁如囚，身心憔悴，那些轻舞飞扬的梦想早已消失得无影无踪。庄子困惑、迷茫，庄子惆怅、落寞。诗人吕本中对此尤有体会，他甚至断言"梦短添惆怅",长梦或许可以相对延长一点虚幻的慰藉,夫妻圆梦唯愿不醒,朋友圆梦唯愿不散,家人圆梦唯愿不别;可是短梦就格外无情,想想看,连梦也不长,连梦也做不成,何处宽慰心灵?何时了却心愿?所以牵肠挂肚,所以添愁惹恨,所以肝肠寸断。琵琶女"夜深忽梦少年事,梦啼妆泪红阑干"(白居易《琵琶行》),少年风华,如烟似雾,飘飘远去,梦醒之后,幽咽无眠,泪雨婆娑。陆游"夜阑卧听风吹雨,铁马冰河入梦来",梦回沙场,浴血奋战,风吹雨打,铁骑突出,刀剑轰鸣,多么神勇!多么雄放!可是,梦醒之后,陆游还是孤卧僵村,壮志未酬!不管是风花雪月的长梦,还是英雄气短的残梦,留给人的永远是遗憾和惆怅,而且,梦醒之后,再不能眠,伴随漫漫长夜,唯有寂寞凄凉,唯有黑暗和冷落。一人无眠,天地无眠,一人辗转,天地辗转,沉沉暗夜,淹没了一颗不眠的心。

沉沉夜色加重了诗人的忧愁苦恨,冷雨敲窗又冷却了诗人的寒凉心灵。为什么一个人辗转反侧,彻夜难眠?为什么没有人能够理解、分担我的忧思苦怨?为什么今夜凄凉,还要刮风下雨?为什么绵绵细雨无穷无尽?诗人无解,千头万绪,一团乱麻。雨打芭蕉,一点一滴,滴不尽相思血泪,滴不完漫漫长夜。李清照词云"梧桐更兼细雨,到黄昏,点点滴滴,这次第,怎一个愁字了得",雨打梧桐,枯枝败叶,冷冷清清,凄凄切切,李清照熬不过相思的夜晚。我们不知道,吕本中诗中的雨打芭蕉是否也是暗涉相思离恨,但是,我们完全可以体会,诗人那份难耐凄凉,那份难熬寒夜,那份孤独冷寂。芭蕉在中国传统诗词中本带就沾愁带恨。李商隐诗云"芭蕉不展丁香结,同向春风各自愁",吕诗人万千事物不提,单单拈出"芭蕉",自然含有阴沉郁结、愁怀不畅的意绪,而且,细雨绵绵,淋湿了芭蕉,滴响了夜晚,滴答滴答,一声一响,悠悠不尽,如何挨到天明啊?诗人彻夜难眠,孤寂难耐,自然迁怒于雨,责怪今夜。人啊,就是这样,爱屋则及乌，恨屋亦及乌，因为忧思难眠，因为孤独寂寥，因为愁肠百结，所以，所见皆愁，所闻皆恨，风吹的是愁，雨滴的是恨，天地万物无不添愁惹恨，谁能化解？谁能分担？

梦本来就是飘忽不定，残破零碎的，吕诗人这个梦很短，很急，我们似乎也无须去弄清楚梦中内容。我们完全可以见仁智，各抒己见，我们的生活经历和情感体验完全可以帮助我们更好地走进诗人的心灵世界，走进那个古老的夜晚。那个夜晚，诗人带着残缺的梦，躺在无边的黑暗里，冷风嗖嗖吹来，冷雨敲打窗户，芭蕉挂满泪珠，不知道诗人从哪里来，不知道沿途发生了什么，也不知道他要赶往何方，只知道他留给我们一串伤心的泪水。

寂寞小桥和梦过

——陈与义《早行》散读

人生一世，行路艰难，难在奔波天涯，行踪难定，难在人在江湖，身不由己，难在心有郁结，悲慨万千。宋代诗人陈与义的诗歌《早行》，就用真切具体的人生体验，生动形象地揭示了人生的艰难苦况，引人共鸣，动人肺腑。诗歌如此写道——

露侵驼褐晓寒轻，星斗阑干分外明。寂寞小桥和梦过，稻田深处草虫鸣。

题曰《早行》，点出了诗歌构思主脑，围绕"早"字行文，落笔见闻感受，抒写人生悲凉。当然，推开一层，"早行"也是一种人生姿态，人生境况，隐含太多的坎坷曲折和悲伤失意，唐代诗人温庭筠的《商山早行》，早就为这种人生苦旅奠定了一种冷漠、凄清、孤寂、悲怆的感情基调，陈与义这首《早行》自然也是一脉相承，凸显悲情。

黎明，永远属于忧心忡忡、夜不能寐的人，永远属于起早摸黑、风尘仆仆的人。诗人一生，长年奔波，与月同眠，与日同行，经历了太多的风霜雨雪，目睹了太多的月落星散，对这样的黎明早就习以为常了。冷风嗖嗖的早上，诗人就得起床上路了，容不得躺在温暖的被窝里做一个好梦，容不得坐在餐桌前享受一顿美味的早餐，穿衣洗漱，准备干粮，喂饱马匹，出门上路。露珠，晶莹剔透，挂满草尘树叶。水雾，冷冷清清，弥漫大千世界。月亮已经缓缓沉下去，天地间一片暗淡，朦胧，只剩下西边的天空，还有几颗星星，发出疏朗而明亮的光。诗人骑着瘦马，伴着星光，缓缓前行，离开了这间客栈，却不知道下一间客栈又在哪里。走过夜晚，走过黎明，露水沾湿了衣衫，水雾浸润了眉宇，冷风凄凄，微寒阵阵，诗人的心和这清冷的黎明一样清冷。不知道为什么，不知道要到哪里去，也不知道为什么要如此早起赶路，甚至不知道诗人是在哪里赶路，我们透过那些清冷的诗句，只隐隐约约地感觉到，诗人很辛苦，披星戴月，风霜兼程。露珠是早行者的眼睛，惺忪蒙眬，冷寂凄凉；星斗是早行者的灯塔，明亮璀璨，照亮前方。诗人行走早寒，形单影薄，月冷星残，好不凄凉，好不落寞。"驼褐"是用驼毛制成的上衣，皮厚毛多，竟被露水浸湿，让诗人产生微寒轻冷之感，可见露冷无声，冰肌砭骨。"侵"是慢慢浸润的意思，既见诗人早起赶路的匆忙，又显内心逐渐清冷的变化，体验真切，用词精准。"阑干"是横斜疏朗之意，非早起者不能见星斗纵横，非艰难者不能见星光冷寂。一个人在天地间行走，露水相随，残星做伴，何其冷寂，何其孤独，又何其凄怆！

　　如果说诗歌一、二两句侧重描写诗人早行的外在感受的话，那么三、四两句则着重描写诗人的内心世界。诗人骑着马，踏过寂寞无人的小桥，踏不醒依稀残梦，惺忪睡眼，四处静悄悄的，只有稻田深处，传来阵阵虫鸣。草丛中的虫子醒了，它们睡不着，为寒气所逼，为冷露所逼，一阵又一阵地鸣叫，不断地敲打着诗人的耳膜，撞击着诗人的心灵。悲怆，凄切的声音久久回荡在诗人的心空。还有那座小桥，斑斑驳驳，饱经沧桑，今天迎来的第一个行人就是诗人，就是孤独行进、睡梦不醒的诗人，它见证了诗人的孤独凄冷，它见证了诗人的风雨沧桑，诗人的心也和这座小桥一样沉重，苍凉。不是吗？为了生存，为了理想，为了远方……，不得不走到哪歇到哪。就像现在，诗人骑马过桥的时候，还在似醒非醒，似睡非睡，似梦非梦的状态中呢。他不可以晚起一点，那个梦做完吗？不可以，因为生活所迫，他不可以睡饱之后，精力充沛再起身吗？不可以，因为生活艰难，他只能带着残破的梦上路，他只能一路颠簸，一路续梦，也许只有好梦成真的那一天，他才能结束这种飘荡、流浪的生活，可是那一天，又是哪一天呢？是明天，还是永远，我们不知道，诗人也不知道。

早行是一种人生姿态，是一幅人生画面，我们看到，清冷的早上，明月西沉，残星映照，诗人在马上摇晃，时醒时睡，似梦非梦，时而睁眼看地，时而仰首看天，时而微察清寒，时而倾听虫鸣……冷漠凄清，孤独惆怅，这就是人生，这就是《早行》要呈现给我们的残酷人生。

倚枕犹闻半夜钟

——孙觌《枫桥三绝》(其一)散读

知人论世，切情切境，是一种鉴赏诗歌的方法；就诗论诗，随文兴感，也是一种鉴赏诗歌的方法。读宋代诗人孙觌的《枫桥三绝》(其一)，我倒觉得运用后一种方法去品鉴，更有意味，更具神韵。全诗是这样写的——

白首重来一梦中，青山不改旧时容。乌啼月落桥边寺，倚枕犹闻半夜钟。

枫桥是千古名胜，美丽不在风景，而在风景流变的故事和风景后面的心情，还有风景涉及的相关人物。历朝历代，文人墨客的游览咏唱都给枫桥涂上瑰丽的色彩，于是，每一个中国人心中都有一座枫桥、几声乌啼和几声钟响。孙觌这首小诗以枫桥风光为题材，融汇诗人的人生感受，再现一段旷古不变的情结，也为枫桥增添了一道沧桑的风景。

诗人应该有两次游览枫桥的经历，第一次到来，应是青春年少、意气风发之时，而今已是两鬓苍苍，白发满头，人生之快，岁月流逝，恍如梦醒一般，令人无限感慨。梦是虚无缥缈的，同样虚无缥缈的还有短促易逝的岁月，诗人何以有如此感受？是人生不顺，屡遭挫折，还是时局动荡，民生凋敝？是功名落空，事业无成，还是亲朋离散，病体支离？……凡此种种，不需要明言，也无须坐实，似乎是在暗示读者，人生就是那么变动不居，世事难料，几十年的工夫，眨眼间就过去了，不管何人，不论何位，不论贱贵，谁也逃脱不了岁月的罗网。诗中"一"字更强化了这种虚无变幻的感受，几十年的岁月，不过就是一场梦而已！痛苦、苍凉，弥漫全诗。

今天的枫桥又是怎样的景致呢？青山悠悠，绿水长流；乌啼声声，遗响千年；月升月落，亘古如斯；夜半钟声，永恒不变。什么都没有改变，月亮还是那个月亮，钟声还是那道钟声，改变的是人，是垂垂白发，步履蹒跚的老诗人！改变的是心情，是凄清冷寂，无限惆怅的心情。青山一脉，水天相接，风光宜人，永远不变，可是看风景的人，早已不是满头青丝、满腹抱负的青年小伙，而是苍老憔悴、心力不济的衰弱老头，心情也不是当年饱览山河的心花怒放，而是历尽沧桑的无限凄凉。再看看那个夜晚，乌鸦啼叫，依然叫人毛骨悚然，心生悲凉，依然声声刺痛耳膜，敲碎心魂。月升月落，光明时仍旧光明，暗淡处仍旧暗淡。枫桥静默，无语千年，古寺悠悠，斑驳岁月，诗人的心中有乌啼的伤痛，有月落的凄凉，还有古寺沉默的孤寂。风景都没有变，涂抹在风景上的色彩也没有变，凝聚在风景中的心情也没有变，张继的伤心情像一条河，流向后世，流进每一个文人的心田。不祥的乌啼像一首哀歌，响彻夜晚，也响彻每一个文人的心空。还有那轮明月，带着暗淡的忧伤，伴着无声的哭泣，伤透了张继的心，也伤透了每一个文人的心，今天到此一游的孙觌也不例外，他身在枫桥，心却停在历史的深处。

可是，凄清苍凉也是一道风景，深深烙在诗人的心上，令人欢喜也令人忧愁。故地重游，青山相伴，明月相照，绿水相随，枫桥相映，说有多美就有多美，永远是一抹点亮诗人心灵的诗意画卷，难怪诗人凝眸久视青山一脉峰峦秀丽，容光焕发，难怪诗人夜深人静倚枕卧听钟声悠悠，也难怪诗人举目长天昂首秋夜，领略秋的清静与凄凉。不过，往深处细处一想一品，又不难发现，这份欣赏和欢喜是表面的，短暂的，诗人骨子深处一派凄凉。月落之处，钟响之时，有一位诗人不眠。他胸怀千年，情牵今昔。他睡在一只小船上，船泊在水上，水流在心底，无眠的诗人静听钟声，静听乌啼，他听到了什么？除了自己跳动的心，不宁的心，还有千年的创痛和莫名的忧伤。不要问他的忧伤从哪里来，青山隐隐作答，乌啼声声作答，残月弯弯作答，钟声悠悠作答。

　　时间永远在流逝，历史永远在变迁，人生百年不过昙花一现，不过白驹过隙，可是这种诗意的枫桥感受，这种深沉的忧患伤感，会随着诗文，定格于历史，定格于千秋万代的读者心中。

只有滩声似旧时

——陆游《楚城》散读

有道是"志士悲志士，英雄惜英雄"，千年一叹，异代同声，宋代大诗人、抗金大将陆游舟行长江，途经秭归，悲屈子的升降沉浮，叹楚国的兴衰存亡，挥笔写下了千古名篇《楚城》——

江上荒城猿鸟悲，隔江便是屈原祠。一千五百年间事，只有滩声似旧时。

时过千年，江流万代，陆游的伤悼之叹犹如涛声，遗响至今，动人心魄。

大江东去，浩浩荡荡。江边的荒城，就是当年楚国的旧都，如今猿啼鸟鸣，一派苍凉。隔江对岸，是三闾大夫屈原的祠堂，凄然，漠然，遥遥在目。楚城，乃楚国故都，在今湖北秭归县东，作为大国都城，它有曾经的繁华鼎盛，风光无限，但是由于统治者昏庸腐朽，用人不当，由于政治黑暗，朝纲紊乱，由于内外交困，民怨沸腾，最终走上了覆灭之路。今天诗人看到的是一座孤零零、冷清清的荒城，杂草丛生，群鸦聒噪，断垣残壁，人烟荒凉。诗人追问，是什么原因导致一个强大的帝国由盛转衰及至灭亡呢？目光转移到对岸的屈子祠，思绪回到千年前的屈原。屈子祠，在今湖北秭归县东南五里归乡沱，传说是屈原故居所在，是后人为了纪念伟大的爱国先贤屈原而建。今天，全国很多地方，举凡屈子游历所到，都建屈子祠，地不分东西南北，时不论古往今来，屈原永远活在人们心中。对大诗人陆游而言，屈原的忠贞爱国，九死不悔，屈原的铁肩担道义，巨笔写华章，屈原的文采风流，汹涌诗情，无不令陆游钦叹、感佩。陆游和屈原，心灵是相通的，思想是相承的，他们身上有太多的相似之处值得共鸣。诗人也明白，屈原在历史上的地位，屈原对楚国的重要作用，几乎可以这样说，当楚国当权者举贤任能，重用屈原的时候，楚国就兴旺发达，国泰民安；当统治者排斥猜忌，打压屈原的时候，楚国就政治混乱，社会动荡。屈原的确是一个关系楚国兴衰存亡的重要人物。可悲在于，楚国最终不用屈原而灭亡，屈原也由于故国不存而自沉汨罗江。诗人远眺屈子祠，神思千古，为心目中的大英雄而悲叹，亦为当朝统治者的昏庸苟安而忧愤。历史是相似的，南宋统治者如果不壮大国力，强军固本，如果不主战抗金，收复失地，如果不重用贤能，抵御外敌，国家的灭亡是迟早的事，这与楚国的历史本质上没有什么区别。可惜陆游用心良苦，统治者依旧不能励精图治，振兴国家。忠而不用，信而多疑，能而受谗，大概是屈原与陆游共同的命运遭遇吧。

有太多的感动与感慨，有太多的叹惜与忧思，有太多的不安与激愤，陆游要表达，向滚滚长江倾诉，向漫漫千年倾诉，向三闾大夫倾诉，向隐隐青山倾诉。但是，从何说起？有谁理解？有谁愿意倾听？我陆游不也是被赋闲家居吗？我那些热血抱负，我那些铁骨誓言，不也统统付之东流吗？"楼船夜雪瓜州渡，铁马秋风大散关。"已成遥远的绝唱，"国仇未报壮士老，匣中宝剑夜有声。"才是冷酷的现实。一个英雄要扛起一个民族，一个国家，但是统治者不信任他，不赏识他，猜忌他，排挤他，让他回家养老，莫管国事，这是英雄的悲哀，更是当权者的可耻！多少忠直之士，建言献策，力主抗金，多少英雄豪杰，效命朝廷，血洒沙场，多少黎民百姓，陷身敌手，受尽屈辱，这个时候，国家在哪里？朝廷在哪里？皇上又在哪里？没有人告诉陆游，没有人愿意敞开心怀和诗人对话，天地无声，英雄寂寞。眼前，唯有江水，滔滔东流，一千五百年过去了，流去了多少悲欢离合，流尽了多少兴衰存亡，涛声依旧，永恒回响。

　　陆游是历史洪流中的一朵浪花，他有跃马扬鞭，英勇杀敌的辉煌记忆，也有冷落门庭，老朽家中的寂寞凄凉；他走过秭归，走过楚国的故都，走过屈子祠，走过漫漫千年，向历史诉说，没有回应，向天地诉说，没有回音。他的心思感慨化作滔滔江水，滚滚东流，流过山川，流过千年，流进我们的心田。今天，我们有幸，目睹这朵浪花的绚丽；今天，我们有幸聆听了这朵浪花的铿锵；今天，我们更自豪，是英雄都活在历史的心中。

黯淡滩传黯淡情

——贾青《黯淡滩》散读

在福建南平有一座寺院叫黯淡院，有一处河滩叫黯淡滩，寺因滩而得名，滩因寺而留声，滩院毗邻，山水相连，构成了一道古老的风景。宋代诗人贾青路经此地，投宿寺院，有感于山水亘古如斯，客意黯淡苦恨，挥笔写下了广为后人传诵的名诗《黯淡滩》——

溪声滩外急，草色雨中深。客意自南北，山光无古今。

题曰《黯淡滩》，新奇怪异，其来有因，院前有一道河滩，水急滩险，暗礁林立，船行不慎便有葬身鱼腹之险，旅客惊恐，船工戒惧，此滩被人们称为"黯淡滩"，此院故名"黯淡院"。不管是黯淡滩还是黯淡院，给人的感觉是险象环生，凶多吉少，让人谈滩色变，闻声惊心。黯淡院也因风雨淘洗，岁月打磨，留下斑斑印迹，自有苍古萧索、深远破旧之味。游人至此，免不了心思沉重，感慨古今。因此标题中的"黯淡"二字双关，表面指院名滩名，其实是暗示客子情怀。

诗歌一、二两句具象着眼，绘声绘色，状景传情。山林幽静，溪水湍急，声响震荡山外。"急"字用得准，近闻涛声如雷，震动山谷，远闻轰轰作响，惊心动魄，既见急湍胜箭，猛浪若奔，又睹蜂房水涡，险象万状，让人恐惧，让人震惊。若是叮咚山泉，则是一派清韵；若是潺潺流水，则是一派轻灵。此溪不同，流经山谷，声震山外，声声怒吼，震荡耳膜，震动心灵。客子至此，心情焉能不"黯淡"？细雨蒙蒙，草色显得格外清幽，心情自然愈加"黯淡"。写草色而不言花开，草色青青，幽暗清冷，暗合心境；花开亮丽，灿烂心灵，自然不合客子愁情。"深"字则平中见深，实中含虚，字面而言是说草色幽深黯淡，山谷之中，河滩之畔，青草已青，再加细雨滋润，色调之浓郁暗绿，自然非同一般；实里而论，是以蒙蒙细雨，青青草色，幽幽山谷，森森树木，烘染客子心情的忧患愁苦，黯淡沉重。溪声传响，传不尽羁旅客愁；草色泛青，道不完黯淡凄凉。诗歌一、二两句声色并茂，情景相生，营造了一个凄清阴冷，迷离惶恐的艺术世界，感染客子，震慑人心。

诗歌三、四两句着眼抽象，虚处落笔，抒发主旨。东奔西跑，颠沛流离的客子，投宿此地，满心凄然；南来北往，闯荡天涯的旅人乘船过滩，满目凶险。岁月流不尽悠悠愁恨，风雨吹不尽缕缕伤痕，只有那山光水色，古今如一，永恒不变。是啊，人活天地，身不由己，奔波不定，劳碌苦辛，无时不有，无处不在，愈积愈多，愈久愈重；自然风光，山青又青，水流还流，千古不变，永恒如一：两相比衬，客子的失意苦痛，何其苍凉，何其无奈。流水不问南北意，山光不管古今情。唯有客子天南地北，愁恨无限。"客意"是诗歌的文眼，呼应"黯淡"，涵盖深广。古今客子，南来北往，东奔西跑，或为功名打拼，伤痕累累，或为仕途奔波，心力交瘁，或为战乱困阻，离散天涯，或为商贾往来，担惊受怕，或为相见无缘，痛断肝肠……万千苦痛，浓缩其间，不能穷尽，也不须穷尽。一点"客意"，不必坐实，读者自然心有戚戚，黯然神伤。"南北""古今"，分别从空间、时间两个维度着眼，拓展诗意，烘染愁情。地不分东西南北，天下客子一般愁；时不分古往今来，古今旅人一样心。羁旅客意，在广阔空间扩展，在悠悠时间绵延，这愁绪又怎是一座"黯淡院"所能容纳？诗中两个虚字"自"和"无"，寄慨遥深，意味隽永。诗人在感叹，深深地感叹，感叹岁月无情，感叹风雨沧桑，感叹人生有恨，感叹生命短暂……一切尽在"自"语虚"无"中。

  一条河流经黯淡院，流经黯淡滩，涛声如雷，滚滚奔波，流向外面的世界，也流过我们的心田，流不尽忧愁苦恨，流不尽天涯苦辛，我们给它取一个名字——"黯淡河"。

石头明月雁声中

——刘翰《石头城》散读

咏史诗吊古伤今，抒发感慨，容易流于直白议论，空洞说教，倒是那些描山绘水，状花写草之作别有意韵，自成风采，寓议论于形象描写之中，寄情思于兴衰更替之变。宋代诗人刘翰的咏史诗《石头城》就是这样一篇风韵独具，情思蕴藉的佳作。诗歌这样写道——

离离芳草满吴宫，绿到台城旧苑东。一夜空江烟水冷，石头明月雁声中。

诗歌深得唐诗风韵，议论不着痕迹，描写历历如画，让读者在凭吊观览当中，不知不觉体验历史的沉重和兴衰的无常。

石头城是汉献帝建安十七年（公元212年）孙权在石头山下所筑，故址在今江苏省南京市清凉山，诗中代指南京城。台城，是南京城的核心部分，原为吴国的后苑城，东晋成帝咸和年间（公元326—334年）修建新宫，命名建康宫，从此成为东晋和南朝宋、齐、梁、陈的台省（中央政府）和宫殿的所在地。诗歌描写南京城的历史变迁，从吴宫落笔，写凄凉现状。以前，吴宫台城旧苑，这些地方宫殿华丽，楼台精美，花草鲜丽，风光旖旎，帝王将相生活其中，达官显贵游冶其中，极尽繁华富丽，极尽奢靡享乐，一提到这些地名，自然就让读者联想起历代王朝富贵如云,风流似风的生活。可是,如今呢?风流不存,富贵不见,唯有芳草萋萋,绿满台城。"离离"言芳草茂盛,遍地皆是,布满吴宫断垣残壁。"绿到"言芳草疯狂蔓延,直至台城旧苑东头。纵目宫城,杂草丛生,万象疮痍。"绿"字用得极妙,化静为动,化色为态,呈现一种绿草疯长,漫延扩张之态势,更显此地荒芜、凌乱,无人看守。昔盛今衰,时空变化,容纳其中,让人看而思纷,悟而神远。白居易《赋得古原草送别》歌咏春草:"离离原上草,一岁一枯荣。野火烧不尽,春风吹又生。"春草破土而出,长势茂盛,生机无限,生命顽强,倾注了诗人的歌赞之情和热爱之意。刘翰此诗写草,则是以草长茂盛,反衬城池破败,人事萧条。意旨、趣味迥然不同,离离芳草淹没了繁华兴盛,见证了沧桑巨变。

  诗歌一、二两句侧重描写诗人白天所见,寄寓兴亡之感,诗歌三、四两句则是描绘诗人夜晚见闻,烘托凄清之情。长夜漫漫,冷风飕飕,江面空阔,水雾蒙蒙,不时传来几声凄厉的雁鸣,久久回荡在空中,冷月朗照之下的石头城更显得孤寂清幽。夜色清凉如水,皓月清辉幽冷,雁声刺耳惊心,水雾缥缈迷离,所见所闻,无不染上凄凉色调,让人感觉到今天的石头城热闹繁华荡然无存,歌舞欢娱烟消云散,历史变迁如梦似幻。诗人的兴衰之感,无常之叹,自在空江冷月之中。诗人的忧患之思,警诫之意,蕴含风冷雁鸣之内。江面空空荡荡,人心空空落落,什么都没有,什么都悄无声息地逝去,任何权力和富贵都抵挡不住岁月的淘洗,任何称王称霸、万世不朽的野心都是痴人说梦,一切皆空,万有成空!"空"是万物归宿,"空"也是历史的必然啊!江水清冷,水雾凄寒,人心暗淡,人和人所创建的伟业,所遭遇的失败,这些都不算什么,都会灰飞烟灭。水冷不是冷,心冷才是真正的冷,借用一个"冷"字,凸显历史的幻灭感和诗人的苍凉感。石头和明月也许是永恒的,但是石头城和人间富贵辉煌,却是过眼云烟，转瞬即逝。明月映照历史，明月也映照人心，石头见证盛衰，石头也见证虚无，在尖厉凄凉的雁鸣声中，贪婪的王朝，贪婪的世人，又企求什么呢？

  诗人也是人生过客，历史的游子，他不想直接告诉我们他的所思所悟，但他乐意引导我们走进他的诗歌天地，他乐意用那些冰冷的意象和凄凉的画面来感染我们的情绪，打动我们的心灵。人同此心，心同此理。置身冷月清辉之中，耳闻孤雁长鸣之凄厉，目睹草木丛生之乱象，体味历史涛声之回响，谁能不起兴衰存亡之感？谁能不动有无皆空之思呢？谢谢诗人，让石头开口表述人生真谛。

断肠从此各西东

——黄公度《分水岭》散读

泉流山中，因山走势，遇岭分流，这是再自然不过的现象，可是敏感的诗人却从中体会到人生哲理，品读出情思意韵，用生花妙笔记录了心灵的喜悦和悲伤。宋代诗人黄公度的作品《分水岭》是这样写的——

呜咽泉流万仞峰，断肠从此各西东。谁知不作多时别，依旧相逢沧海中。

诗歌内容很简单，一条山泉穿山走林，九曲十弯，遇岭分流，不过多进，却又相逢沧海，皆大欢喜。不过，透过简单的自然现象，我们却可以读出多种意味情理。

于情而言，拟泉为人，化水为灵，有情有意，有滋有味。你看，山间流泉忽遇万仞高峰，不得不各奔东西，分流而去，又是呜咽有声，又是断肠惜别，毕竟它们同源同流，沉浮与共，甘苦同当，结成了深厚的情谊，练就了共同的性格。它们一道流经沟谷浅滩，跃下千丈悬崖，闯过深山丛林，一同欢呼，一路打拼，自有波澜壮阔的动人风采。如今分别，依依难舍，肝肠寸断，不愿离别却又不得不别，坚忍如山却又痛哭流涕。幸好，好事多磨，祸福相依，今日分别是为了明日的团聚，今日的磨难是为了日后的成功。不知过了多久，不知流经了多少坎坷曲折，百川归海，流泉重逢，汪洋浩荡，笑傲沧海。任何力量都阻挡不了水流于海，一往无前的步伐，任何挫折磨难都会成为过眼云烟。依旧相逢，依旧欢笑，依旧豪迈，依旧洒脱，这就是流泉的精神。

于理而言，随流赋形，移步换景，因景成理，因流言志。人生如山泉，免不了曲折颠簸，免不了跌宕起落，但是只人一鼓作气，砺志拼搏，就没有过不了坎，翻不过的山。百川入海，一派汪洋，历经挫折，豁然开朗。呜咽伤心，断肠痛别，悬崖巨石，沟谷幽涧，这些困难都是暂时的；海阔天空，笑傲人生才是最后的精彩。因此，人生立世，不因眼前的挫折而沮丧，不因暂时的分离而失望，而应心平气和地接受命运的安排，放开眼光，敞开胸怀，充满信心，振奋精神，做生活的强者，做人生的闯将。当然，这种旷达洒脱的人生态度，我们也可以从消极方面来理解，即凡事随缘任运，顺其自然，不可改变，也绝不刻意改变，不可阻止，也决不费力阻止，听天由命，祸福不管，以如此态度对待生活变故，还有什么苦恼困惑呢？还有什么局限窘迫呢？苏轼小品文《儋耳夜书》记载了一个小故事："覆盆水于地，芥浮于水，蚁附于芥，茫然不知所济。少焉，水涸，蚁即径去，见其类，出涕曰：'几不复与子相见，'岂知俯仰之间，有方轨八达之路乎！念此可以一笑。"诗文对读，自可体会小诗的理趣谐妙。

于诗人而言，隐喻宦海，点化人生，达观超脱，自成高格。诗人为官，几经沉浮，饱受磨难，但是诗人不是一蹶不振，悲观绝望，而是从容洒脱，坦然应对，宠辱不惊，风雨不惧，练就了一番淡定自若，气定神闲的心态。历代文人有此心态者比比皆是，与诗人同时代的词人苏轼即为典型代表。苏子一生为官，屡遭谤议，几次贬官，可谓仕途重大打击，但是苏子并不愤世嫉俗，大发牢骚，并不沉沦不振，消极懈怠，而是淡然超然，不以为意，用寄情山水代替追名逐利，用挥洒性灵代替尔虞我诈，在明月清风中吟唱自由，在江山风水中放逐心灵，苏子超脱了宦海风波，超脱了名利纷争，活出了真我的风采，活出了自由的个性，苏子达观洒脱的心态就是黄公度诗中"相逢沧海"，泯灭困厄的精神翻版。据说，诗人创作这首诗之后，还引发了一起灾祸。据《肇庆府志》记载——"黄公度为秘书省正字，贻书台官，言者谓其讥讪时政，罢为主管台州崇道观。过分水岭，有诗云云。及公归莆，赵丞相鼎谪居潮阳，谗者傅会其说，谓公此诗指赵而言，将不久复偕还中都也。秦桧怒，令通判肇庆府"。人小附会，断章取义，曲解诗作，使得诗人被贬官降职，诗人本想追求一种达观超脱之境界，却不曾想到遭此厄运，现实的确对诗人开了一个天大的玩笑。

此外，这首诗还表达了一种人生虚幻，祸福难测的感慨。"谁知不作多时别，依旧相逢沧海中。"两句至关重要。"谁知"是不知，无人知道，无法预测，不能把控，不知道会遇岭分流，不知道会各奔东西，不知道分别多久，更不知道会相逢沧海，因为一切变化都不是自己所能掌握的。山泉如此，人生亦然。在神秘而永恒的自然力量面前，人类又是何等渺小无助，再大的挑战也是烟云，再大的野心也是梦幻，再大的辉煌也是浮云。可怜的人啊，不知道，也不能主宰；人之为人，立足于世，意义何在？趣味何在？大山无语，沧海无方，天地无声。

秋到梧桐动客愁

——何应龙《客怀》散读

游子远离家门,思乡怀亲,由来已久,天下皆然,自古及今,东西南北,时时有相思,处处有断肠。宋代诗人何应龙的羁旅之作《客怀》写尽了游子天涯的艰难苦况,道出了游子内心的深深隐痛。

客怀处处不宜秋,秋到梧桐动客愁。想得故人无字到,雁声远过夕阳楼。

"客"是游子,不指名道姓,亦不交代具体行踪,使读者感觉到诗中的"客怀",不仅仅是诗人的感触,亦是天下游子的心灵共鸣,普通和特殊相容,时间和空间共存。

秋天,自从宋玉"悲哉,秋之为气也,草木摇落而变衰,袅袅兮秋风,洞庭波兮木叶下"之后,历朝历代,文人悲秋,皆成传统,尤其是那些辞亲远游、打拼功名的人们,更是对春秋易序,万物荣枯格外敏感,格外伤情。诗人开篇即直抒胸臆。游子走遍天涯海角,处处怅惘于秋,时时漂浮如萍。秋天一到,秋风一起,天气寒凉,草木枯黄,落叶飘零,天地肃清,万物萧瑟,自然会勾起游子的怅惘情怀。他们感叹离家久远,又过一秋;他们伤心功名未遂,壮志未酬;他们忧虑奔波江湖,归家无计……他们心中充满了浓重而纷乱的缕缕愁思。诗写

"梧桐"，关涉愁离，古语云"梧桐一叶而天下知秋"，瑟瑟寒风中，枯黄的梧桐飘零破败，它们离开了枝头，枯落了生命，演绎了一幕悲凄愁惨的死灭之剧。游子临风堕泪，感物伤情，像这些梧桐一样，人生之秋也有太多的枯萎和凋零！人在江湖，身不由己，除了忧虑，愁苦，谁又能怎样呢？诗说"处处"，暗示游子逢秋惆怅，离恨缠心。"处处"可作两解，一是指游子行踪，东西南北，海角天涯，处处逢秋，处处伤悲；二是指秋天风物，山容水态，枯枝败叶，物物各自异，伤秋在其间。而且，第二种理解，与后文的"梧桐"构成了一种对应关系，"处处"是泛指秋天风物，"梧桐"是特指秋天景物，从普泛到特殊，无一不动客愁，无一不含秋思。因为"客"处他乡，因为游走天涯，因为奔波宦海，因为前路未卜……游子之心充满愁苦。

对于久客他乡的游子来讲，最大的抚慰莫过于收到来自故乡的书信，如果游子行踪不定，漂泊天涯，那么，可能连收到书信的希望也渺茫得很。杜甫诗云"烽火连三月，家书抵万金"，越是战火连天，越是时局动荡，就越牵挂家人故旧的安危，也就越期盼收到家人书信。诗中的"客子"想到，很长时间了，始终没有收到来自故乡的亲朋故友的半点音信，放眼长空，只见大雁和声飞过洒满夕阳的高楼。为何与家人失去了联系？为何收不到亲朋故旧的音信？又是为何自己屡屡寄出的书信如泥牛沉海？诗人不置一语，只留给我们一片愁惨，一腔思念。诗歌用"无字"而不言无书，愁苦至极，凄惨至极，连一言片语，连一个字也没有收到，更别说一封信，一个别人捎来的口讯了。内心的失落，痛苦，可想而知。老杜有诗云"亲朋无一字，老病有孤舟"，动荡年月，诗人漂泊西南天地间，无亲无故，无依无靠，只有一条破船，一副病弱的身体，落魄潦倒，无以复加，连亲朋好友一个字，一句话都没收到，何等凄惨！何等痛心！游子重情重义，思故念旧，不管走到哪里，不管遭遇怎样的挫折，总是把故乡和亲朋装在心里。只可惜,他得到的是无言无语、无音无讯的结局。长天的大雁,叫声凄厉,刺痛游子心灵。大雁在这个寒冷的秋天,没有为游子捎来故乡的书信,却又要远走高飞,消失无际,人不知家,人不如雁啊!唐代诗人赵嘏亦咏雁"晓发梳临水,寒塘坐见秋。乡心正无限,一雁度南楼。"(《寒塘》)雁归人未归,雁过亦无信,古人写雁,多关乡思怀人之情。严诗人写"雁声远过",似乎可见游子举目长空,怅望失落之态,远去的不只是雁影,还有游子失落的心。西天残阳,余晖晚照,秋风瑟瑟,一派苍凉,笼罩大地的将是沉沉黑夜,游子的心如同残阳,缓缓沉落。又一个无眠秋夜即将开始,又一番愁苦相思折磨游子,远行的路啊,千难万难!

俗话说,"在家千日好,出门一时难",在家的日子,亲山亲水,亲人亲朋,可以安享天伦,生活无忧,可是离家远行,异域他乡,人生地陌,诸多不便,那滋味,那境况,真可谓艰难困苦,魂销碎心。何应龙这首《客怀》淡淡几笔,勾勒了清秋风物,活画出游子痛楚,吟咏之间,情至深至彻,味至苦至涩,这是心灵的哀痛,这是哀痛的抒情,天地之间,心灵之内,黯然销魂者,唯别而已。

辑四

隐逸山水

笔底千年风云在

——邵定《山中》散读

有些诗是诗人的心声，也是读者的心声。时间已逝千年，地域相隔万里，但是那种彼此呼应、惺惺相惜的感觉却在读诗的过程中每每产生，让人感觉到那些文字不死，它们也是生命，带着故事和情感，带着渴望和期待，正在等待着某一个人跨越时空的邂逅，而且势必会激起一场心灵的地震。我读宋代诗人邵定的《山中》，就好像遇到一位知心知底、见情见性的朋友一样，倍感亲切，也倍受震撼，它引发我对生活的思考，对人生的反省，很多情况下，我不得不承认，它简直就是我心声的流露，或者说，它破译了一个千百年之后诗歌爱好者的心灵密码。全诗是这样写的——

白日看云坐，清秋对雨眠。眉头无一事，笔下有千年。

诗人远离凡尘，远离喧嚣，归隐山中，过清静日子。表面看来，白天游山玩水，看云卷云收，观花开花落；晚上对雨而眠，听万壑松涛，闻秋雨沥沥，触目是诗画，过耳是天籁，好不逍遥，好不快乐。云是自由的象征，云是高洁的写照，云游天边，无依无靠，自由自在，无牵无挂，我行我素，这分明是诗人纵情山林，随心任性的生活写照。雨是天地的精灵，雨是自然的音乐，雨洗秋空渐渐沥沥，雨润山林纤尘不染，这分明是诗人陶情冶性，聆听天籁的情趣折射。山中看云听雨，观赏自然万象，参悟沧桑变化，其实也是诗人超脱凡俗，潜心大道的写照。诗佛王维诗云"行到水穷处，坐看云起时"，行于所行，止于年止，穷通变化，了然于心。词人蒋捷《听雨》——"少年听雨歌楼上，红烛昏罗帐。壮年听雨客舟中，江阔云低、断雁叫西风。而今听雨僧庐下，鬓已星星也。悲欢离合总无情，一任阶前点滴到天明"。听雨执笔，万念潮生，伤时叹事，百感交集。看云也罢，听雨也罢，王维也罢，蒋婕也罢，闲适怡然之下有万千感慨，浅易平和之中有深刻体悟。这位宋代山中诗人邵定所过的生活应该是这样一种状态，或者说，他心目中的理想的隐士生活应该是这样一番风采。

当然，绝对的归隐绝对做不到，不食人间烟火味的隐士极少，诗人邵定亦不例外，貌似闲云野鹤，潇洒脱俗，貌似隐居山林，远离尘世，可是现实之事、历史风云，仍然汹涌在他心中，腾跃在他笔底。看诗人眉目舒展，心宽体泰，实际上心里总是对人事兴衰，王朝变幻，功名得失，荣辱富贵，耿耿于怀，念念不忘，不然，怎么会下笔千年，心忧万里呢？的确，古代文人也罢，今天的知识分子亦然，要想达到绝对的不问世事，洁身自好，几乎是不可能的，他们有人格操守，更有与人格操守紧密联系在一起的济世抱负。就是在政治仕途遭遇挫折的时候，也不能够完全、彻底地全身隐退，骨子深处仍然牵挂人世，忧虑天下，即便像庄子这样的逍遥大师，也是冷眼观世，热情一腔。同样，邵定生活在特定的政治生态环境之中，身体也许离开了俗世，离开了官场，可是心还停留在那里，双眸一直藏在深山里，偷偷注视万象人生。这就是他的笔底千年风云不减的内在动因。

如今，千年已逝，斯人已灭，可是诗文犹存，诗魂还在，历史是想似的，心灵是相通的，我们读邵定的山中吟唱，其实是在吟唱自己心灵的乐音。

有一个生命在对我们微笑，我们回报微笑，有一种声音在向我们感喟，我们回报感喟。

白鸥无事小舟闲

——惠洪《舟行书所见》散读

诗歌的生命在于生发感动，好诗能够以形象的画面和精美的意象引发读者的广泛联想。纯自然，纯写实，纯机械的描写，只能呈现技巧上的优势，而缺乏生命的气息和精神的底气。宋代诗僧惠洪的诗作《舟行书所见》描写了一幅精美传神，意味隽永的图画，引人遐思，令人神往。诗云——

剩水残山惨淡间，白鸥无事小舟闲。个中着我添图画，便是华亭落照湾。

舟行水上，人游画中，况且又不是一般的凡夫俗子，而是高蹈尘外，风神爽朗的诗僧，所见所闻，所思所感自然别有意趣。

暗淡苍茫的暮色之中，到处都是残山剩水，没有人欣赏这份萧索的凄美，没有人喜欢这种即将逝去的凄凉。诗僧惠洪对此却情有独钟，惨淡萧条有什么不好呢？那是山水的自然形态，那是四季轮回的必然归宿。春荣秋落，寒暑易节，水瘦山寒，草长莺飞，一切都是那么自自然然，井井有条，诗人欣赏，静观默会，怡然自得。也许，意绪有些低落，有点孤寂，但是眼睛和天地一样明净，心灵和山水一样纯粹。残山剩水，苍茫暮色，摄入眼帘，定格心灵，天然一幅水墨山水画图。美沉淀在心间，情舒展在眉梢。残缺破败也是一种美，山水之残剩在于万木萧萧，万水清明，在于万山疏朗，万石峻峭，那份线条清晰，轮廓分明的造型，那份静立天地，庄严肃穆的感觉，那份退尽铅华，自然纯真的本色，无一不让人喜爱，无一不让人着迷。

江天空阔，白鸥翻飞，点点成行，划过眼前，勾勒一幅俊美的剪影，描绘一道白色的诱惑，太美了！更加神奇的是，这些水鸟不避行人，相亲相近，或站立船头，临水自照，或静卧沙滩，安然自得。它们清闲无事，轻轻松松，自由自在，诗人从内心深处热爱它们。诗人出家离俗，不涉官场，不沾功名，不也是身轻心闲，怡然自得吗？心中无事的诗人才能体会得到白鸥的清闲，心中闲适的诗人才能体会得到小船的自在，你看这艘小船，静静地泊在岸边，野渡无人，天地寂静，无牵无挂，悠然自在，多么自由，多么轻松，多么清静啊！诗人就是喜欢这样的风景，与其说小舟荡在江面，不如说小舟泊在诗人心中。白天它承载一颗自由的灵魂在山水中遨游；夜晚，它陪伴孤寂的诗人入眠。注意诗中的"白鸥"，在中国传统诗词当中，从来都是隐逸，高洁，自由，纯美的象征，诗人拈出"白鸥"而不是其他水鸟，除了自己的偏爱之外，自然也还有其象征意义，它表明诗人向往那种远离尘俗，清闲清静，自由高洁的生活。

白鸥无事，小舟安闲，天地空阔，四野沉寂，夕阳斜照，这已经很美了，诗人欣赏，聚精会神，静观默观。但是，这还不够，诗人放言，在华亭水湾，在落照之下，在山水之间，在白鸥之侧，再添上我这个浪游四方的孤僧，这不就是一幅天然的水墨画像吗？孤芳自赏，临水自照，诗人在意什么呢？在意山水风光，在意夕阳残照，在意鸥鸟翻飞，更在意自己的潇洒不羁，身心自由。因此，透过这幅自我欣赏的画像，我们看到了诗人游吟山水，笑傲江湖的浪漫天性，这是一种活法，这是一种追求。背负功名利禄，心怀私心俗念的人永远够不上。孤僧独立斜阳，小船轻轻摇荡，白鸥翩翩飞舞，多美的画面，多静的氛围，多深的意境！自从诗人一站，这道风景就永远镌刻在读者心中，镌刻在历史深处。

　　诗人写景多以旁观远眺为主，自我与风景保持距离，也就是站在桥上看风景，拿起画笔描风景，但是惠洪却把自己也融入风景，让自己成为风景中的主体，欣赏风景的同时，主要的是欣赏自我，欣赏自我的闲适旷达，潇洒不羁。这种构思颇为新鲜，它让我们明白，人从自然中来，也要回到自然中去，站在山水间，你就是风景，你就是画，你就是天地之间最美的画。

赖有青山豁我怀

——张耒《初见嵩山》散读

读一座青山，读它的庄严肃穆，心生敬畏，无限感动；读它的生机勃勃，心向神往，无限欢畅；读它的淡远清旷，神清气爽，无限遐思。这是宋代诗人张耒的小诗《初见嵩山》留给我的心灵感慨。青山不同于世间人生，它不在乎人世的荣华富贵，不在乎官场的功名利禄，它永远静穆无声，永远淡定从容，永远用它的博大胸怀接纳人生，用它的纤尘不染净化心灵。诗人正是在车马劳顿之中，在追名逐利当中，游目青山，驰骋心灵，从而找到灵魂的栖息之地，找到精神的家园天地。诗歌是这样写的——

年来鞍马困尘埃，赖有青山豁我怀。日暮北风吹雨去，数峰清瘦出云来。

人生在世，身不由己，功名是缰，利禄是锁，牢牢地捆绑人生，让人动弹不得。很多时候，我们活得很累很苦，心为利困，形为欲累。诗人对此深有体会，说自己年年月月，离家在外，辗转天涯，在滚滚红尘中奔波，在功利汪洋中挣扎，不知道何时是尽头，也未曾体验到心灵的欢悦；相反，这种马不停蹄、风尘仆仆的生活，让诗人产生一种感觉，那就是"累"，筋骨劳累，体肤饥寒，心志辛苦。诗人厌倦了，但是又没有办法摆脱，只得像古希腊神话中的西西弗斯一样，拼搏着，挣扎着。有个时候，他真在想，这一切，劳心劳力，无休无止，到底是为了什么？看天边的座座青山，兀立千年，苍翠逼人，生机勃勃。没有贪欲私念，不屑红尘扰攘，不齿功名利禄，永远淡泊如水。不屑心机，永远朴拙单纯；不屑荣辱，永远淡定自如。和青山相比，人啊，真是愚蠢至极！什么时候，人也能像青山一样，花开花落，无动于衷，云卷云舒，岿然不动呢？从某种意义上说，人就是一座山，稳重厚实，正直博大，有淡泊之心，无执着之念，有宽宏气度，无机巧算计，有安详之态，无险躁之姿……诗人从绿水青山中得到了安慰，心灵为之轻松，精神因之振奋，忧愁随之消散。是啊，活着，追求那么多功名富贵，讲究那么多荣辱得失，有什么意义呢？青山什么也没有，但是它拥有天地，拥有清净，拥有自由，拥有安详，人不应该像青山致敬、学习吗？

　　日暮时分，北风吹拂，散了雨雾，散了云朵，天清气爽，纤尘不染，几座山峰在云雾缭绕中露出头来，显得有几分清瘦。风雨退去，天高地阔，青山如画，净洁空明，如此美丽的画面呈现在诗人眼前，让人眼睛一亮，心神一震！久违了，天地之间竟有如此风光，久违了，心灵天地竟有如此画卷。诗人用"清瘦"来描写山峰，状形传神，融情于景，物我一体。于山而言，勾画轮廓，峥嵘挺拔，奇峭险峻，跃然纸上；于人而言，神清气爽，视野开阔，心神愉悦，情绪亢奋。云山清瘦，是画，有形有态，轮廓分明；云山清瘦，是诗，空灵蕴藉，百看不厌；云山清瘦，是品，瘦硬清旷，高洁脱俗。山如人，诗言心，诗人偏爱青山，眷恋清瘦，流露出微妙独特的审美情趣，喜欢奇崛清劲，有棱有角，有骨有格的风光，也崇尚清高脱俗，清洁无污的人格。不要忘了，这里描写的青山不是一般的山，而是大名鼎鼎的嵩山，而且诗人强调是"初见"，其实，这也就暗示诗人对此名山早已久闻大名，心向神往，如今在困顿旅途之中，得以阅览，自然无比欣慰。另外，自古嵩山是佛门圣地，苍松翠柏，郁郁葱葱，寺院庙宇，散布其间，这里是远离尘俗，远离喧嚣浮华，远离官场功名，是个修身养性，陶冶情志的好地方，诗人写出自己对嵩山的偏爱和眷恋，正含蓄地表达了自己厌恶尘埃扰攘，向往心神宁静的生活情趣。

看山如看人，山的风景就是心灵的风景；读山如读人，山的风骨就是人的风骨。久困尘埃的张耒发现了一座山，这座山屹立天地之间，清绝脱俗，卓尔不凡；这座山也耸立在每个人心中，纤尘不染，高洁自守。谢谢诗人，送给我们一座青山。

幽人偏爱青山好

——胡宪《答朱元晦》散读

人生天地，志趣不同，各有所好，有人追求功名富贵，光宗耀祖；有人追求物质享受，纸醉金迷；有人追求声色犬马，荒淫无度……可是，宋代诗人胡宪的追求却迥异世俗，与众不同。他喜爱青山，更以青山传志，表达自己崇尚隐逸、追求自由的高洁情趣，其诗《答朱元晦》即为诗人心志情操的形象写照。

幽人偏爱青山好，为是青山青不老。山中出云雨太虚，一洗尘埃山更好。

标题暗示，这应该是一场有关人生志趣的经典问答，问者为理学大师，穷通宇宙，精研心学，饱学深思，提问也许很一般却又很庄重，人之一生，最爱何物？答者是一位诗人，一位隐士，还是大师的朋友，心性相通，思想契合，回答真是不同凡响，思考令人心灵震撼。何以如此？且看诗人的回答。

世间万物，所爱者何？抛开钱财官位，抛开欲望纷争，抛开世俗庸琐，诗人敞开心扉，直截了当，坦言偏爱青山；而且公开身份"幽人"，与一般世俗之人迥然不同，我就是我，一个隐居故山、心怀高洁的人，青山就是我的最爱，青山就是我心目中的最好！回答毫不忌讳，毫不含糊，毫不吞吐，有底气作支撑，有思想作后盾。这是隐士的宣言，也是诗人的心声。一般人说这番话，也许令人费解，是自命清高，故作酸腐？还是逆情悖理，耸人听闻？是张狂放诞，我行我素，还是愤世嫉俗，为所欲为？也许是，也许不是，但总有那么一种底气，一种源自内心的自信，蕴含在诗句中。作为诗人和隐士，胡宪说出这番话来，可谓恰如其"份"，恰切其"境"，也恰好处。万千风光之中独爱青山，滚滚红尘之中钦羡隐居，的确传达出诗人远离尘俗，追求高洁的人生情怀。

爱山如此，原因何在？青山不老，心性常青。青山常青，万古如斯，唯其如此，才见勃勃生机；心性常养，陶情冶性，唯其如此，才显名士风采。青山如此，人似青山，在诗人的心目中，青山不老就是心志不老，情操不老，追求不老。本来，青山无所谓老与不老，无所谓知与不知，此处，诗人以己之心度山之腹，以己之情揣山之意，山变得有情有志，人变得有灵有性，两者互相欣赏，似乎你中有我，我中有你，甚至到了山就是人，人就是山的程度，就像心志相通、趣味相投的老朋友们样，与山为友就是与青春为友，与山为邻就是与高洁为邻，爱青山，是爱自然的表现，也是诗人追求自然洁净，神往高洁不俗的情趣流露。李白也爱山，"众鸟高飞尽，孤云独去闲。相看两不厌，只有敬亭山。"辛弃疾也爱山，"我见青山多妩媚，料青山见我应如是。"李白对山，稼轩看山，不管是孤独落寞还是醉眼昏花，均是引山为同调，视山为知己，惺惺相惜，情意深深。胡诗人不同，除了偏爱有加之外，还有托山寄志，好高骛远之意。

诗人爱山的第二个原因应该是，雨洗青山，天地清明，令人赏心悦目，令人娱情怡志。山中飘出云朵，天空落下雨点，清风拂过山峦，一番洗礼之后，一阵清风吹拂，青山妩媚，翠色迷人，更清新，更洁净，更光明。风雨洗涤的青山，清洁秀丽，生机勃发，一切都那么清新美好，一切都那么光明洁净。人生天地，隐居山林，不也追求一种回归自然，回归清洁，守护纯真，守护高洁的纯净境界吗？自然的尘埃让山峦蒙污受垢，一场风雨，洗涤污垢，青山焕发生机；人生的尘埃让心性蒙受污染，一场洗礼，扫退污浊，不也同样还人生以纯朴本真吗？诗人喜欢雨后青山的明丽青翠，喜欢雨后青山的光洁纯净，同样，在他心目中，也有一种清明高雅、光洁宁静的人生志趣，值得诗人时时呵护，处处关照。胡诗人不说心灵诉求和情志走向，而以青山妩媚、秀色可餐示人，让人在青山秀水之中自然领悟诗人的心灵追求，这是诗人的苦心和良心，也是宋诗的融理入情的含蓄暗示。我们读一座青山，读一缕清风，读一场秋雨，其实就是在读一颗高雅脱俗的心灵。

　　山不会说话，它只会四季常青；雨不会抒情，它只会洗涤尘埃；风不解世态，只会清新拂人。诗人从青山常青中读出了活力，从秋雨洗礼中读出了清明，从清风吹拂中读出了清爽，以山为家，以自然为伍，放逐自己，纵情山林，活出精彩，活出让我们羡慕的人生，这正是宋代诗人胡宪要告诉我们的人生真谛！

柴门半掩白云来

——仲皎《庵居》散读

诗意从何来？诗意来自白云缭绕，来去自由；诗意来自山童稚问，一脸天真；诗意来自梅花绽放，春回大地；诗意来自闲云野鹤，高情雅致。这是我阅读宋代诗僧仲皎诗作《庵居》的直观感受，生活在滚滚红尘中的我们总是活得太累太苦，总是心为物役，情被利困，其实，我们可以给自己的心灵放假，给眼睛放假，给耳朵放假，远离喧嚣，闭门读诗，漫步古寺，与诗僧漫谈，与自然对话，无俗一身轻，无事一心闲。读仲皎的《庵居》，就可以抚慰我们疲惫的心灵，抑止我们浮躁的欲念。诗歌是这样写的——

啼切孤猿晓更哀，柴门半掩白云来。山童问我归何晚，昨夜梅花一半开。

诗歌描绘了一个缥缈雅致、空灵剔透的世界，凸现诗僧率性直行、自由无碍的生活情趣，令人心动，也令人向往。

拂晓时分，猿猴悲啼。其声哀切，凄厉怪异，回荡山林；其境凄寂，孤独无伴，长夜不眠。诗歌开篇写猿，大肆渲染，多方描绘。你看，既"孤"且"啼"，又"哀"又"冷"，通宵达旦，哀嚎不止，足够悲凉，足够凄怆的了。不要忘记，这是深山古寺，这是诗人栖居所在，于读者而言，如此环境自然让人毛骨悚然,心惊肉跳,于主人而言,却是习以为常,不以为意,习惯了冷情,习惯了孤寂,不管是白天,还是夜晚,陪伴诗人的就是这种悲切凄厉的声音。李白也写过猿啼——"两岸猿声啼不住,轻舟已过万重山"。李白从戴罪之身一下子转变为自由之身,放舟东下。三峡的声声猿啼,不再凄厉,不再怪异,是庆贺诗人获得自由,是欢呼诗人兴高采烈。仲皎这里写猿啼,不见欢愉唯有冷清,不见亮丽唯有暗淡,诗僧心情之孤寂、冷清显露无遗。庙门破旧,倍显寒怆,半开半掩,白云缭绕,夜不闭户,高枕无忧。没有人来抢劫偷盗,除了一山青翠、一身自由之外,别无他物;没有什么值得俗世凡人青睐的东西。白云轻飘,自来自去,随风变化,它是主人的家常客,是主人的老朋友,他和主人有一个约定,两无猜疑,彼此信任,要来则来,要去则去,不必客套,无须礼节,自由和真诚是他们的君子约定。诗人写庙门曰"柴门",是诗意,是文化。"柴门闻犬吠,风雪夜归人","花径不曾缘客扫,蓬门今始为君开","山中相送罢,日暮掩柴扉"……举凡作诗多用"柴门",破旧,简朴,古拙,素净,安宁,深远,沧桑,淡雅……种种意韵蕴含其中,引人联想,惹人喜欢。换作"庙门"或"铁门",实则实矣,却诗意荡然。诗人写主人动作是"半掩"柴扉,细致而随意,平实而朴拙。想想看吧,门如虚设,不防盗贼,不防小人,要走即走,毫不在意。诗人相信,只有白云前来造访,只有山鸟前来探视,只有一山青翠开门入室,他还有什么不放心的呢?生活在这远离尘嚣的地方,耳根清净,心无尘埃,他的心门也是敞开的,自由的,不设防的。他因事外出了,有青山白云为他看守家园,他回来了,有花草树木热情迎接。他是一株树,他是一朵云,他是一朵花,他是一脉泉,他是自由的精灵。

　　山童发问,你为什么回来得这么晚啊,昨天夜晚到哪儿去了?诗人知道,山童不能理解自己的去向和情趣,如实回答也等于是没有回答,保持沉默,诡秘一笑也许是最好的回答，李白不也"笑而不答心自闲"吗？但诗人没有这样做，他在想，这山里孩子天真机灵，友善快乐，不懂就问，好奇就问，想问就问，不也是很真诚，很单纯，很可爱吗？告诉他是对他的一种尊重和信任，也是一种快乐和欣慰啊，于是诗人讲，小鬼崽子，老爷爷啊，到一个神秘的地方去了，那里满是梅树，昨天夜里梅花开了一半哩！小孩不懂，但小孩喜欢，喜欢花开美丽，喜欢诗人俏皮幽默；我们不是小孩，我们早已明白，梅花是昨夜开的，梅花开了一半，诗人一个晚上不回寺庙，原来是看梅花去了，梅花绽放，春归人间，鼓舞人心，怡人性情啊。唐代诗僧齐己咏梅"前村深雪里，昨夜一枝开"，都是爱梅访梅，都是高情雅致，我们相信，为梅花而活着，为自己而活着，这样的生命潇洒，自由，精彩。

庵居山林，也许是清冷的，孤寂的，但是，正是在这个近乎与世隔绝的地方，诗人找到了归宿，以云为邻，以梅为友，以山为家，乐得清净，乐得自在。逍遥山林，笑傲自然，这又何尝不是一种快乐呢？这种快乐正是置身城市的我们所缺少的，我们的快乐又在哪里呢？

蜂飞蝴舞花又开

——饶节《偶成》散读

这个世界很宁静，紧闭柴门，远离尘俗，无人打扰，无须应酬；这个世界很生动，蜂飞蝶舞，草绿花红，山清水秀，天地空明。这是我阅读宋代诗僧饶节的小诗《偶成》的直观感受。诗人无意于官场功名，无意于世俗交接，隐居山林，沉醉自然，用心构筑自己的美丽家园，用情挥洒自己的诗性才华。诗人发现，万物生机勃勃，饶有情趣；心灵自由轻松，无拘无束。诗歌是这样写的——

松下柴门闭绿苔，只有蝴蝶双飞来。蜜蜂两股大如茧，应是前山花已开。

题曰《偶成》，暗示这是即兴随性之作，多有猛然顿悟之喜，同时也表明，皈依山林的诗人，日子过得逍遥自在，有滋有味。那么，诗人到底领悟到了什么？他的滋味又是怎样？且看诗人笔下的山中世界吧。

青松如盖，浓荫匝地。柴门紧闭，绿苔滋长。多情的蝴蝶，成双成对，飞来飞去。这是诗歌一、二两句所描绘的景象，几个意象的选用尤具历史文化底蕴。青松挺立，高洁不俗，象征着正直刚强，不弯不曲，象征着生机活力，蓬蓬勃勃。王维诗云"明月松间照，清泉石上流"，陶渊明诗云"抚孤松而徘徊"，高洁，坚强，正直，恪守自我，正道直行，这些美丽的字眼几乎都是用来评价青松的。饶节此诗写松林成荫，浓翠迷人，除了暗示诗人高洁自守，清雅自赏之外，还有烘托气氛幽静，心情闲适之意。如果换成"桃树"或"李树"，则繁华灿烂有余，清静庄重不足。柴门，自然是柴草编就，朴拙简陋的门户，表明诗人归隐山林，安于贫困，远离尘俗，淡泊名利；而且柴门紧闭，关住的不仅仅是诗人与绿苔，也隔绝了外面的世界，这个地方，几乎成了诗人的桃花源，达官显贵不来拜访，世俗小人不来打搅，诗人也不主动出去交接，更无心思去过问那个名利纷扰的社会。诗人就这样，生活在柴门之内，生活在山林之间，清静，闲适，无牵无挂。绿苔，长满了庭院，小径无人，门可罗雀。拒绝外面世界的诗人，又怎么会有大量朋友来访呢？刘禹锡《陋室铭》有云："苔痕上阶绿，草色入帘青"，同样的清静，闲适，同样的与俗绝交，与世相隔。到诗人这里来的就只有成双成对的蝴蝶了，蝴蝶自由自在，不含功利之心，不沾尘俗之气，轻舞飞扬，抒写性灵，正合诗人心意。从它们身上，诗人获得了心灵的慰藉，收获了心灵的快乐，他乐意与它们相伴，他欣赏它们的空灵脱俗。它们是洁净的，自由的，充满活力的，庄周不也梦中化蝶吗？那是怎样神奇瑰丽的美梦，那又是怎样自由自在的快乐啊！

翩翩飞舞的蝴蝶能够给诗人带来快乐，除此之外，还有那些可爱的小蜜蜂，更是让人惊喜，让人兴奋。你看，春天来了，百花盛开，蜜蜂又忙开了，它们嘤嘤嗡嗡，飞来飞去，腿上的花粉团大如蚕茧，肥胖得可爱极了。它们也爱山林，也爱春天，它们更爱山间美丽的花朵。是花朵，装点了它们的生活；是芳香，灿烂了他们的世界。诗人看到它们就高兴，就神往，就浮想联翩，这些忙碌飞舞的小精灵，又该到了丰收的季节了吧。它们一个个大腹便便，满载而归，想必又是前山野花绽放了吧。一群蜜蜂捎来一个春天的芳香，一群蜜蜂捎来一份沉甸甸的欢喜，诗人关注他们，懂得他们，了解他们的生活习性，了解他们的活动规律，把它们当作朋友，诗人和它们一样热爱这座山村，热爱山村里的春天。诗人也罢，蜜蜂也罢，他们的心情是一致的，为春天欢呼，为美丽歌唱，为甜美的生活而舞蹈。

　　山中这个世界幽僻美丽而又充满春意，充满生机；诗人这个居所简陋，朴拙，而又充满情趣，充满诗意。诗人靠什么活着？心灵的宁静，精神的充实，灵魂的愉悦，这些精神层面的东西，滚滚红尘找不到，蠢蠢官场找不到，庸庸俗人身上无，诗人高兴能回归山林，回归自然，在那里，他看到了青松孤立，绿苔逼人，蝴蝶飞舞，蜜蜂歌唱，山花怒放。它们都不说话，它们都在告诉诗人，这山中的世界才是诗人心目中的理想世界。

画中飞出双鸥鸟

——胡仔《题苕溪渔隐图》（其一）散读

诗是无声画，画是有形诗，诗画相配，珠联璧合，古代文人作画必有题诗，题诗必咏画意，诗画一体，机心一脉，惹人深思，耐人回味。宋代画家僧了宗画了一幅画——《苕溪渔隐图》，大概内容是说苕溪山明水净，宁静幽深，适合隐居。诗论家胡仔隐居苕溪之上，终日以渔钓自适，自称苕溪渔隐先生，临流有屋数椽，生活悠闲自在，不问红尘世事。胡仔是僧了宗的好朋友，看了僧了宗的《苕溪渔隐图》之后，心有感悟，独具慧眼，挥笔写下了一首题画诗《题苕溪渔隐图》——

溪边短短长长柳，波上来来去去船。鸥鸟近人浑不畏，一双飞下镜中天。

画中有什么？胡仔描绘了两幅意味深长的画面，一、二句是远景全景，溪柳船只，三、四句是近景特写，鸥鸟翻飞，两幅画面都隐隐传达出浓浓的隐逸氛围。

先说第一幅画吧，内容看似简单，实则颇富内涵。溪边长着高矮参差不齐的柳树，水面飘荡着行来驶去的渔船。柳荫匝地，绿影婆娑，充满生机，充满活力，气氛比较宁静安详。柳之或长或短，说明无人看管，不加修剪，一派自然。

这是荒野之溪，风光秀丽，野趣迷人。若是繁华闹市，则很可能是绿柳成荫，一排排，一树树，井然有序，整齐划一。叠词"短短长长"的运用不仅使音节更为和谐宛转，朗朗上口，也让人感觉到所写景物的轻灵明快。溪上船只，来往如梭，或为名来，或为利往，气势汹汹，热闹非凡。这让人想起了一个故事，清朝的乾隆皇帝下江南，到了镇江的金山禅寺，由住持法磐禅师作陪，站在山头上欣赏长江的风光。乾隆看见江上的熙来攘往的船只，问法磐禅师："长江一日有多少船往来？"法磐禅师说："只有两条船往来！"乾隆不解地问："你怎么知道只有两条船呢？"法磐禅师说："一条船为名，一条船为利！"乾隆听了大为赞叹。说白了，生活的形态五花八门，千变万化，实质就只两个字，名和利！诗人用"来来去去"极言船只多，场面大，名利重。诗人在哪里呢？画面的主人又在哪里呢？在画外，在远方，静观往来人事，默察风云变化，不动声色，不动心性，我自淡然，我自从容，名利与我无关，仕途与我绝缘，浊世与我阻隔，我就是我，不属于这溪上任何一只忙碌的船只，不属于那个纷繁复杂的世界，我属于绿水青山，我属于蓝天白云，我属于红花绿树，我属于沟谷溪涧。

再看诗歌第二幅画面，诗人聚焦鸥鸟，捕捉动态，定格瞬间的美丽，传达生命的性灵，鸥鸟走近人的身边一点也不生疏，也不害怕，还有一对猛然飞进了倒映着蓝天白云的如镜水面。鸥鸟是一种水鸟，性喜幽静，娇小可爱，常与隐士做伴。诗人说这些鸥鸟毫无警戒之心，与人相亲相近，这表明此人非彼人，此船非彼船，诗人隐居苕溪，泯灭机心，不问世事，心境平和，见山爱山，见水爱水，与鸟相亲，与花相伴，完完全全一个山林隐士不染尘俗半点气息。杜甫诗云"自去自来梁上燕，相亲相近水中鸥"，老杜不是隐士，但是暂居成都草堂的那段日子的确清闲，因此有燕子呢喃，有鸥鸟陪伴，宁静、安定，愉快、清闲，诗人热爱这种生活。胡诗人这里写鸥鸟近人，习以为常，气氛更为和谐静谧，写足了隐逸的精神，暗扣题中"渔隐"二字。更动人的画面是鸥鸟双飞，空中划出一道白线，一头扎进波光粼粼之中，何等敏捷，何等神速！是发现目标之后的主动出击，是默契配合的精彩表演，给人惊喜，令人赞叹。诗人远眺红尘扰攘，近观鸥鸟翻飞，诠释图画意境，展现人生真谛。画境令人神往，真意令人回味，情趣打动人心。画面是静态的，文字却是活泼的，有生气的，诗人化静为动，将自己的生活感受融入笔端，将身边的景色写得生动活泼，趣味盎然。诗句之间洋溢着诗人对大自然，对生活无比热爱的深情。如果不是热爱这方山水，如果不是钟情这种生活，诗境不可能如此空灵，情致不可能如此浓郁。这首诗让我们记住了一幅画，记住了一颗心，这幅画轻淡疏朗，清新宁静，这颗心归隐山林，自由自在。不争人间短短长长，不比人间是是非非，独自沉浸山水自然，忘记自我，消融自我，心灵在苕溪漂荡，精神在苕溪滋长，像自然一样活着才是人本该追求的生活。

且容残梦到江南

——关澥《绝句》（其二）散读

官大有官大的压力，官小有官小的轻松。宋代诗人关澥曾经进士及第，官至县令，至微至小，无忧无虑。诗人曾经吟诗咏唱官微心闲、逍遥自在的快乐时光，《绝句》其二写道——

寺官官小未朝参，红日半竿春睡酣。为报邻鸡莫惊起，且容残梦到江南。

常言道，一年之计在于春，一日之计在于晨。的确，春天是紧张忙碌的季节，为官则经营州郡，谋划未来；为民则起早摸黑，耕耘劳作。可是，这个春天的早晨，职低人微的关澥却在做着他的春天美梦，不紧不慢，不慌不忙，悠闲自在，无拘无束，让人羡慕，令人神往。

诗人开篇坦言，我官职太小不能上朝参见龙颜，所以能够安然大睡，一直睡到红日三竿也无人打扰。字里行间流露出自得自乐，心满意足。京官参政，鸡鸣即起，待漏随朝，议论天下，指点风云，危机四伏，险象环生。寺官遗野，天高地远，无人过问，我行我素，自由自在，春意融融，睡梦悠悠。两相比照，诗人庆幸自己身心清闲，耳根清净，无案牍之劳形，无应酬之劳心，无名利之算计，无倾轧之苦辛。为官有俸禄，衣食无忧无虑；度日有余闲，身心自愉自悦。诗人特别钟情这幅一觉睡到大天光的清爽画面：阳光透过窗棂照进屋子，邻居家里的雄鸡早已打鸣，诗人还躺在床上，呼噜大睡，睡得深沉，睡得酣畅，就连睡梦中的脸庞就也是笑意盈盈的，多么甜蜜，多么惬意！很多人为官衙门，吃不香，睡不着，满怀心事，忧虑如焚。许多人昼夜操劳，忙忙碌碌，根本没有时间睡觉。和他们相比，诗人真是悠闲轻松到了极点。唐代诗人王维写过一首诗："桃红复含宿雨，柳绿更带朝烟。花落家童未扫，莺啼山客犹眠"（《田园乐》其六）。桃红柳绿，细雨轻烟，落红未扫，空山莺啼，诗人沉浸其中，长睡不醒。王维用如画诗笔描绘了一幅隐居山林无限风光的画面。宋代诗人关澥则现身说法，直抒胸臆，借半竿红日，盎然春意，道出睡梦悠长，身心清闲。这是为官之余的自得其乐，这是视官场为山居的人生智慧，这也是诗人看透官场，参破人生的心灵映照。为官如此超脱，生活如此诗意，陷身世俗杂务的人们为何不尝试调适一下自己的心态呢？天下熙熙，皆为利来，天下攘攘，皆为利往，穷尽心思，竭尽智谋，为名为利，为官为职，为富为贵，何其辛苦，何等疲惫！人啊，不管为官还是为民，得达观时要达观，宜通透处要通透。或许这就是诗人要告诉我们的人生真谛吧。

  诗人珍惜这样的生活，诗人呵护这样的美梦，诗人真心诚意地劝告邻家的鸡儿莫要啼叫，好让我安安心心再睡一会儿，在断断续续的残梦里再回一趟江南。诗人毕竟是诗人，有奇妙的想法，也有坦率的情怀，谁惊扰了他的美梦，他就直言不讳地责怪谁，责怪邻家鸡儿乱叫，埋怨好梦残破。有情有趣，有滋有味！天亮鸡鸣，天经地义，自自然然，本无非议，可是，它不当不对，这个早上惊扰了酣梦中的诗人，诗人不高兴，不舒服，竟然就劝告鸡儿来了，如果将此诗句改为"为报邻居莫惊起"，则平淡索然，了无意趣。同样构思的还有唐代诗人金昌绪的《春怨》——"打起黄莺儿，莫教枝上啼。啼时惊妾梦，不得到辽西。"诗中这位可怜的女子责怪黄莺啼叫,是因为打破了她的美梦,她的梦真有那么重要吗?原来,梦中她可以飞赴辽西,与丈夫相聚!现实是,人隔两地忍受相思之苦,多么悲惨!多么无奈!关濬这首绝句,则是劝告鸡儿莫啼,且让我梦回江南,圆了心愿,那么,此梦又是何等内容呢?自古江南美如画,从来江南情如花,我们可以推测,这个梦很长,很有情味,悠悠不尽,情意绵绵。江南是诗人的故乡,有父老乡亲,有儿女家室,还有山水草木,绮丽风光,一切的一切都深深地烙在诗人心中。诗人不管是为官他乡,还是游走天涯,都时时刻刻把江南故里装在心间。更何况,春天里,花草芳,江南美,情意浓,焉能不忆江南?焉能不梦回江南?白居易有诗:"江南好,风景旧曾谙,日出江花红胜火,春来江水绿如蓝,能不忆江南。"(《忆江南》)其实,在文人心中永远有一个化解不开的江南情结。

  一轮红日照亮了一颗心灵,一个好梦温暖了一生情怀,一声鸡鸣惊醒了一个春天。诗人在这个春天的早晨,有感伤,责怪,更有眷恋和向往。

映带残霞一抹红

——沈与求《石壁寺山房即事》散读

画是空间的艺术,适宜观赏,诗是时间的艺术,适宜想象,诗画相通,水乳交融,诉诸文字,则必为佳构,可以立体多维地展示意境,营造氛围,可以生动含蓄地抒发情思,表现旨趣。宋代诗人沈与求的小诗《石壁寺山房即事》就是一首典型的寓画于诗,诗画交融的佳作,诗歌是这样写的——

望断南冈远水通,客樯来往酒旗风。画桥依约垂杨外,映带残霞一抹红。

题曰《石壁寺山房即事》,其实不写山寺僧舍,不写僧人情致,只写诗人游历山寺,立足远眺,落霞染红山林天际,无限风光扑面而来。诗人激动,诗人高兴,寥寥几笔勾勒了一幅宏阔辽远的黄昏美景图画,引人入胜,惹人遐思。山寺是一个立足点,可以居高临下,游目远方;山寺是一个高度,可以开阔心胸,澎湃激情。

诗人站立山寺,极目远眺,南冈尽头,河水悠悠。江中,客船往来,川流不息;两岸,酒家点缀,酒旗飞舞。流水远去,连通山外,延伸诗人的目光,牵扯诗人的想象。山外有山,天外有天,水外有水。一江流水,悠悠而去,流经哪些码头村落?归向何方大江湖泊?流动之美,悬想之趣,吊足读者的胃口,愉悦读者的目光。"望断"是纵展目力，视通辽远，心情舒畅，心胸开阔，似乎万千山水纳入双目，不羁心灵飞向远方，有一份自由流动之美，有一份舒心惬意之情。江船奔波为名为利，热热闹闹，欢欢畅畅。我自独立，冷眼旁观，心无所动，情不他迁。两相对比，热闹映衬出闲适，匆忙透露着从容。诗人的淡泊、闲适，诗人的宁静、素朴，如影随形，宛然可睹。酒旗飞舞，是村落风光，是江岸风情，劳碌奔波的商人在此休憩小饮，水陆兼程的士子在此借酒浇愁。宁静的小店，演绎了多少人生苦乐，见证了多少岁月沧桑。值得注意的是，诗歌一、二两句起点高，看点远，其实也拉开了诗人和江流风光的距离。客船的来来往往，代表一种世俗的生活，追名逐利，劳心劳力，衣食生存，忙个不停，诗人没有参与其中，而是置身局外，静观默察，淡定从容，显然，诗人心中有一种情怀，有一种信念，他不屑如此汲汲功名，孜孜富贵，他希望过着一种悠闲自由，淡泊宁静的生活，这或许正是他流连寺院，驻足静观的原因吧。

诗歌一、二两句侧重于描绘动态的景观，三、四两句则侧重于摹写静态的风光。远处河岸，画桥掩映在依依杨柳之中，若有若无，若隐若现。远方的山峰，夕阳缓缓沉落，余晖返照，给精美的画桥涂上一层粉红的色彩，煞是好看。画桥，小巧玲珑，精美如画，藏在青青杨柳之中，隐隐可辨，似有若无，颇具含蓄之美。杨柳，立于河岸，垂下丝绦，青青一色，生机勃勃，自有飘逸神采。小桥流水，垂柳掩映，动静搭配，构成了一幅简淡素雅的写意画。宁静而飘逸，简约而灵动。夕阳有情，红霞满天，一抹橘红涂染画桥，妆饰垂杨，灿烂了远山远水，灿烂了诗人的双眸，可以想象，凝神专注的诗人又多了一份激动与喜悦，他觉得山寺真是一个好地方，角度好，位置佳，视野开阔，风光迷人。他高兴，在这个人迹罕至的地方，他发现了一个美丽而古老的黄昏。注意诗人的措辞，桥曰"画"，静卧水上，精美如画，赞不绝口，啧啧有声。霞曰"残"，依山傍水，发光发亮，粉红灿烂，是落日辉映之美，是流光溢彩之美，是光华消逝之美。"映带"是映衬、环绕之意，画桥因残霞而增辉添色，残霞因画桥而有形有态，相辅相成，和谐如画。"依约"为隐约依稀之意，朦朦胧胧，迷迷离离，摇荡心旌，诱人遐思。

全诗而论，诗人立足高处，放眼远方，写景状物，有姿有态，摹形绘色，情意兼备。读过全诗，我们记住了一座山寺，一个黄昏。那里有小桥流水，杨柳残霞，那里有客船来往，热闹缤纷，那里有青山隐隐，酒旗飘飘，那里还有诗人静立，凝眸远方……是啊，远方有多远，心就有多远。

辑五
相思无限

故园桃李为谁开

——范成大《浙江小矶春日》散读

游子离家，远行天涯，无时不在思乡，无处不在怀人，心灵总是沉重的，装载着亲朋故旧，装载着春风桃李，装载着悲欢离合，真个是"载不动，许多愁，是离愁，别有滋味在心头"。宋代大诗人范成大有一首小诗《浙江小矶春日》抒春日离恨，抒兴亡情怀，风雨衣满纸，扑面而来，让人情不自胜，感慨嘘唏。

客里无人共一杯，故园桃李为谁开。春潮不管天涯恨，更卷西兴暮雨来。

诗人家在苏州，人留杭州，置身木矶，面对西兴，恰逢春日，心潮翻涌，思家念亲之情油然而生，千古兴亡之感纷至沓来。小矶春日，山水明媚，生机勃勃，风光迷人，理当悦人心目，怡人性情。可是，这几毕竟不是诗人的故乡苏州，而是杭州东南钱塘江边的一个石矶，风光再美非吾土；更何况，与石矶隔江对峙的是历史上有名的小镇——西兴，自然容易引发诗人的怀古念今之叹。因此，这首诗的感情基调总体上是暗淡的，凄清的，充满离愁别恨的。

诗人漂泊他乡异地，时时遥念故园，牵挂家乡亲人朋友，伤感自身的孤独落寞。你看，连喝杯酒，抚慰离愁，打发时光，也无人相伴。没有亲人团聚的温馨场面，没有朋友畅谈的快乐时光，没有儿女绕身的幸福时刻，只有一个人，客居旅馆，独喝闷酒，抽刀断水水更流，举杯消愁愁更愁。诗人强调身自处境孤独郁闷，无人相伴，言下之意是表达自己对亲人朋友的强烈思念。看到浙江小矶的桃李花开，迎春招摇，诗人又敏感地联想到，美丽的苏州也应该是春风浩荡，桃李花开，姹紫嫣红，风光无限吧？可是，我不在家，那些桃花李花又为谁开放呢？这里，诗人的表情达意比较曲折，不直接说自己思念家乡，热爱家乡风物，而是反问，故园桃李，到底为谁绽放呢？没有我在场，你们不也倍显冷落凄凉吗？似乎桃李春风，全是冲着诗人而来，全应为诗人绽放。此等想象，貌似无理，却别有匠心，巧妙地表达了诗人对故乡刻骨铭心的、难舍难分的忆念和向往。我们完全可以理解，游子啊，不管走到天涯海角，内心总是装着故乡，装着故乡的山水风光。朋友，走吧，带着故乡上路。是的，诗人来到了美丽的小石矶，他也把故乡带到了小石矶。往后的日子，故乡就是一件沉甸甸的行囊，时刻背在诗人的身上。

诗歌一、二两句侧重表现诗人的思乡怀远之情，与一般的思乡诗类同，可是，诗歌的三、四两句却触景生情，有感而发，远远超出了一般的思乡诗。诗人久久站立江边，放眼滔滔江水奔流不息，心中离恨亦如钱塘江水绵绵不尽。涌动的春潮一波又一波地翻滚，它不懂离情别绪，它不管孤独寂寞，它不问春风桃李，它与诗人无关，江自奔腾人自愁！离别恨，恨遍天涯，弥漫天地，只能由诗人一人承担，无人能够帮助分担。诗人埋怨春潮对自己不闻不问，不理不睬，其实是内心极度凄怆、愁闷，而迁怒于物，莫名烦躁的表现；可是，这还不够，更让人难受的是，傍晚时分，春江潮涌，还裹挟风雨，从对面的西兴小镇汹涌扑来，涛声阵阵，诉说兴亡，震荡诗人的耳膜，也震撼诗人的心灵。春潮暮雨，本来就给人一种苍茫昏暗，沉重压抑之感，再加上诗人又拈出"西兴"，就更让人情牵古今，感叹连连了。西兴，宋时是镇，在浙江萧山县西北十余里，春秋时期，吴越相争，越王勾践战败，将被迫入吴为臣囚，国人饯送于西兴，勾践感慨流涕，忍辱复仇之志乃决。其后，卧薪尝胆，励志复仇，终于灭吴。范成大此处拈出"西兴"地名，当然不是一般的兴亡之感。当时宋金之间大规模的战争基本止息，南宋君臣苟且偷安，不图恢复，远不如勾践发愤雪耻之壮举，范诗人感今思古，忧国伤时，流露出深广、沉重的爱国情怀。思乡与忧国相结合，现实与历史相对接，使这首诗显得立意高远，诗情厚重，格调不凡，发人深思。

病里梳头恨最长

——李清照《春残》散读

暮春是个很残忍的季节，鲜艳的花朵日渐暗淡，丰盈的生命日渐枯萎，美好的时光一天天流逝，这些都是怀抱美好希望的诗人所不能接受的，因此，他们多愁善感，他们怜春叹春，他们用诗歌来抒写内心的忧愁和惆怅，失落和伤感。南宋词人李清照南渡之后，容颜憔悴，心灵苍老，很容易看花溅泪，临风伤心，写了不少交织国恨家仇和身世飘零的诗词，她的小诗《春残》即为代表作品。诗人不明说自己的离恨幽怨，不点破国家的千疮百孔，但是字里行间弥漫着一般强烈的幽怨情感，细读深味，让人伤痛，让人愁怨。诗歌是这样写的——

春残何事苦思乡？病里梳头恨最长。梁燕语多终日在，蔷薇风细一帘香。

诗题《春残》，字面意思是伤感春天逝去，美好不存，实际上暗示诗人的身世之感和家国之痛。随着风雨飘摇的北宋王朝的灭亡，李清照和他的家人（尤其是心爱的丈夫）经历了国破家亡之难和颠沛流离之苦，一切美好的东西都不复存在，宝贵的青春年华，美丽的容颜，甜蜜的爱情，温馨的团聚，安逸的生活，还有诗人和她的丈夫苦心营构多年的金石书画，等等，这些东西都杳然不存，诗人痛苦，失望，惆怅，郁闷，诗人复杂的心情在诗歌中体现得非常浓郁。

人在痛苦落难的时候最容易想起故乡，想起亲人，诗人一开篇就点明了这种强烈的思乡之情。时节是暮春，繁花凋谢，春光易逝的时候，诗人苦苦思念自己的故乡，那里有她的希望和梦想，那里有她的甜蜜和幸福，那里还有她的青春的足迹，动人的歌唱，如今，江山易主，家园破碎，亲人离散，书画丢失，丈夫先逝，只留下孤苦伶仃的诗人流离南方……想起这些，怎能不让人肝肠寸断，泪如雨下呢？可是，这些过去的不幸遭遇，诗人没有明说，也许是因为太痛苦太复杂的缘故吧，也许是百感交集，无以开口吧，诗人只觉得苦痛，只觉得颓丧，只觉得生活很没有希望。你看，诗人描写自己的生活状态，病体支离，憔悴不堪，勉强起床之后也懒得去梳妆打扮，她讨厌头发太长，梳洗不便，一切都没有兴趣，精神极度萎靡，情绪坏到极点。想想看吧，对于一个热爱生活，追求美丽的女子来说，化妆打扮可是必备功课呀。温庭筠词云："梳洗罢，独倚望江楼，过尽千帆皆不是，斜晖脉脉水悠悠。"女为悦己者容，这位年轻的女子，经过一番精心梳洗之后，登上江楼，从早到晚，眺望过往船只，盼望自己心上人早日归来，她要以自己最美丽的形象迎接心上人，让他惊喜，让他幸福。王昌龄诗歌《闺怨》也写道——"闺中少妇不知愁，春日凝妆上翠楼。忽见陌头杨柳色，悔教夫婿觅封侯。"诗中这位少妇也是生活有盼头的，她精心打扮一番之后去赏春，去思念自己的丈夫。和温、王诗词笔下的女子不同，李清照笔下的女子却是心中失落困惑，茫茫一片，生活没有着落，感情没有寄托，希望变成空想，她恨秀发三千，烦恼多多，她懒梳长发，心绪凄怆。

如果说诗歌一、二两句是侧重于直抒胸臆的话，那么诗歌三、四两句则以景抒情。诗人把目光从内心转移到室外，写梁间燕子，絮絮叨叨，叫声不停；写蔷薇芬芳，随风飘散，沁人心脾。这些景象在心境平和的人看来，可谓赏心乐景，可是在遭难多忧的诗人看来可就是伤心哀物了，其实这是作者以乐景写哀情，倍增哀痛的笔法，诚如王夫之所云——"以乐景写哀，以哀景写乐，倍增其哀乐"。我们完全可以理解，越是燕语呢喃，情意欢快，越是花香满院，沁人心脾，就越能够反衬出诗人的心灵痛楚。在诗人最痛苦，最伤心的时候，没有亲人相随，没有朋友抚慰，只有不通情意的燕子在叽叽喳喳，叫个不停，它们叫得欢快，叫得热闹，自个儿整天叫，根本不懂，也不理会诗人的难过与惆怅，诗人怎么可能喜欢它们呢？再说那满院幽香吧，诗人的心情十分难过，处境很悲惨，哪能感受得到生活的芳香呢？唐代诗人杜甫晚年流落西南天地间的时候，安居成都草堂，其诗云"自去自来梁上燕，相亲相近水中鸥"，还有诗云"黄四娘家花满蹊，千朵万朵压枝低"，花鸟相亲，色味宜人，那是因为老杜生活暂时比较安定，心情较好的缘故。晚年的李清照颠沛流离，落魄潦倒，绝对没有老杜的安然和畅快。

　　暮春无情，该去的照样去，该来的照样来，谁也阻挡不住时光的脚步，诗人的不幸在于她生长在王朝更迭的时代，赶上了衰世，赶上了暮春，也赶上了人生的诸多乱象，她有满胸幽愤，和她的国家一样，和她的故园一样，表达或许是一种释放和解脱，对她来讲。但是，春夏秋冬，永远不懂诗人的感受。时过千年，我们读李清照这些诗词，我们懂得了诗人的内心，四季暮春仍然不懂。

贪看飞花忘却愁

——方泽《武昌阻风》散读

游子漂泊，辗转天涯，归心似箭，可是，受阻风浪，船行不得，自然是恨山恨水，怨天怨地，此种愁怨苦恨心声，在宋代诗人方泽的小诗《武昌阻风》中表现得尤为强烈。诗歌是这样写的——

江上春风留客舟，无穷归思满东流。与君尽日闲临水，贪看飞花忘却愁。

标题很直白，告诉我们诗人的处境，被困风浪，滞留江中，进退失守，内心煎熬难耐，有万千不快和愁怨要倾诉。恰好此行，有朋友相随，可以互相抚慰，淡化愁绪。

也许是心急火燎，归思难耐吧，也许是久行不归，忧思汹涌吧，诗人一开篇，就急不可待地表达自己的思乡愁怨。怨春风无情，卷起浪涛，阻留船只，让诗人一行滞留江上；怨江流无情，滔滔东去，绵绵不尽，让诗人一行目随神驰而身不能往。行程受阻，归家无计，委实要由春风负责，要由江流负责，诗人痛恨春风，讨厌江流，满腹怨愤洒向天地，风吹不尽忧，水流不完愁。想想看，要是顺风顺水，一路平安那该是何等激动人心的美事啊。李白诗歌"朝辞白帝彩云间，千里江陵一日还。两岸猿声啼不住，轻舟已过万重山"。是和煦春风护送自由李白飞抵故乡，是多情的江水跟随浪漫诗仙回归故里。方诗人遇到的情况恰恰与此相反，因而产生"一江春水向东流，无限乡思无限愁"的感慨。"客舟"是工具，表明诗人舟行水上，沉浮不定，经风遇浪，险象环生，同时也暗示诗人辗转江湖，漂泊不定，人生坎坷，悲情多多。古代很多文人离家远行，辞别故旧，以舟为家，与世沉浮，以马为家，风尘仆仆，其间苦况毋庸讳言。"东流"是方向，是江流东去，滔滔不绝的方向，也是诗人心驰神往，魂牵梦绕的故园所在，遥远的天地之外，隐隐青山之际有诗人的故乡，有诗人的父老乡亲和亲朋故旧。"无穷"是浓度，乡思如流水，浩浩荡荡，无穷无尽，何日才能抵达故乡，又如何才能挨过风浪，诗人心中充满了困惑和不安。

诗歌一、二两句是正面落笔，直抒胸臆，喷吐风浪阻隔，归思无计的满腔怨怒。诗歌三、四两句则反面落笔，间接抒情，表达内心急如星火，痛断肝肠的独到感受。表面上来看，诗人与自己的朋友滞留船上，终日无事，闲得无聊，看风看水，乐得自在轻松。特别是花随风舞，飘零水上，自是一道风景，诗人和朋友，船不能靠岸，不然，可以找一家酒馆，小饮两杯，消忧解闷，抚慰乡思，或是找间旅馆，休息两天，养精蓄锐，可是没办法，船在江中，人困风浪，只能将就，只能等到风静浪息，再沿江东下。诗人和朋友，打发时光，贪看飞花，临水悠闲，貌似轻松自在，其实内心焦虑不安。试想，如此境况之下，谁还有心情观水赏花呢？谁还可能轻松自在呢？越是写得轻快悠闲，越能反衬出诗人内心的紧张忧虑，是谓以乐写悲情，倍增哀痛。一颗心悬浮在江面上，悬浮在风浪中，看不见落花流水的缠绵，看不见碧水悠悠的浪漫，装载忧伤，装载焦虑，苦苦等待回家的日子。

离家的日子很艰难，漂泊的旅程很漫长，想家的时候特痛苦，但是，诗歌是一道魔杖，诗人是一位智者，智者巧用魔杖，点化生活，提升痛苦，演绎出一行行高贵的文字,一粒粒珍珠似的文字,于是我们读到了一道道感伤的风景,凄美的风景,让人流泪的风景,从这个意义上来讲,漂泊流浪的心灵就是一道的风景,方泽的痛苦和忧伤,就是我们曾经经历过和将要经历的痛苦和忧伤。我们为漂泊而痛苦,我们也为漂泊而深刻。

故关千里未归心

——胡朝颖《旅夜书怀》散读

思乡怀亲，也有莫名其妙的时候，说不清楚你为什么思念那些熟悉的山峰河流、花草树木，为什么怀想那些天真无邪、活泼机灵的儿女，为什么牵挂那位操持家务、辛苦劳碌的妻子，为什么回忆那些朝夕相见、谈笑风生的邻居，……总之，乡情弥漫心空，漂泊艰难无比。游子的路最漫长，不知道哪一天才能抵达温暖的家园；游子的心最沉重，不知道何时才能卸去思乡的重担。读宋代诗人胡朝颖的小诗《旅夜书怀》，自然就会勾起人生的诸多联想。人在旅途，一路奔波，经历风霜雨雪，忍受失败屈辱，这些都不算什么，坚强一点，可以挺过去；最苦、最累、最痛心的是思家念亲的情感煎熬，斩不断，理还乱，不招自来，挥之不去。胡朝颖这首小诗就细腻逼真地描绘了诗人漂泊流离、旅夜怀人的刻骨相思，诗歌如此写道——

十日春光九日阴，故关千里未归心。遥怜儿女寒窗底，指点灯花语夜深。

初春时节，天气寒冷，十天就有九天是阴天；故乡千里，关山阻隔，引动我的绵绵乡思。诗歌一、二两句落笔诗人，真吐乡思，情真意切，动人肺腑。说天气阴云不展，昏昏沉沉，其实是在暗示惆怅满怀，乡思无限。试想，对于一个长年漂泊在外，思归不能的游子来说，初春的明媚灿烂，怎么能够灿烂诗人的心空呢？倒是阴云不散，愁苦笼罩才是诗人心情的形象写照。说心未归，是指诗人朝思暮想，盼望回归家园，团聚亲人，无奈身不由己，世事难料，只好辗转奔波，行踪不定。不管身在何方，不管荣辱沉浮，也不管穷达贵贱，只要是漂泊，只要是流浪，游子的心中就永远装载故园的山水风光，装载家园的花草树木。人走多远，故乡就走多远。人在旅途，故乡随心灵一起流浪，山水随行踪一起奔跑。诗人强调千里相隔，是虚泛而谈，极言归路迢迢，相思绵长，也透露此情无计，愁眉不展。诗人是痛苦的，诗人是艰难的，因为他有家，他有亲朋儿女，但是，由于各种各样的原因，他回不去，只能滞留江湖，无望等待。中国人安土重迁，思乡怀旧，在一个地方生活久了，特别是生于斯，长于斯的故乡，心中总有抹不去的情结，生死歌哭、悲欢离合总是与那块土地密切相关。因此，当诗人冷静地描绘眼前的处境的时候，我们看到，千里之遥，归期无计，长期漂泊，奔波不定，多少苦痛涌上心间，多少离愁煎熬心灵。

　　如果说诗歌一、二两句主要是写实煽情，倾吐乡思的话，那么诗歌三、四两句则着重落笔对方，虚写乡思。诗人设想儿女在家思念自己的情况，因为父亲和儿女的感情太深，因为父亲太了解儿女。这个时候，正当诗人滞留异地他乡，正为离愁别恨折磨的时候，家里的儿女或许正坐在火炕上，坐在寒冷的窗户之下，指点灯花，谈论父亲，深夜未眠呢。夜已深，天气冷，但是儿女不眠。灯将尽，灯花结，但是人未归。家人是惆怅的，他们不知道，诗人远在外地的处境，他们担忧诗人的吉凶安危，他们长久未见诗人的踪影。一家人，迫于生计，分离天涯，且双方都不知道何时才能团聚，此种情境，对双方来说，都是一种磨难，都是一种痛苦。灯花是好兆头，但此时出现，反添悲凉，因为，儿女们盼不来父亲的回归。寒窗是环境写实，更是心境暗示。儿女坐谈，深夜不眠，天气寒冷，心境更为寒凉，因为朝思暮想的父亲尚未归来。杜甫身陷贼手，怀念妻女，诗云——"今夜鄜州月，闺中只独看。遥怜小儿女，未解忆长安。香雾云鬟湿，清辉玉臂寒。何时倚虚幌，双照泪痕干。"诗人设想妻女思念自己的种种情状，可亲可爱，可叹可悲。王维思念兄弟，诗云——"遥知兄弟登高处，遍插茱萸少一人。"李商隐思念妻子，诗云——"君问归期未有期，巴山夜雨涨秋池。"不管是思念儿女兄弟，还是妻子，诗家不说自己，而说对方，相思之情更为缠绵，团圆之愿更为深挚。同样道理，人同此心，心同此情，胡诗人说儿女念父，更见诗人乡思之浓烈，真挚。此为曲笔达意，婉转抒情。

有道是，距离产生美，对于游子而言，离家越远，时间越久，则思乡越切，情意越浓。胡诗人寒窗枯坐，看灯花将尽而愁思，观暗影幢幢而泪尽，乡思无限，一筹莫展。我们记得，那个初春的夜晚，那个寒冷的客栈，有一双眼在哭泣，有一颗心在滴血。

故乡更在春天外

——俞处俊《伤春》散读

望春伤心,临秋堕泪,这是中国古代文人的普遍心结。美人伤春,叹容颜憔损,芳华不再;志士伤春,怨流年似水,壮志未酬;游子伤春,恨归思无计,漂泊天涯。宋代诗人俞处俊的小诗《伤春》就是诗人久客他乡、辗转漂泊的思乡之作,美丽春光灿烂不了忧郁的双眸,勃勃生机反而增添诗人的忧愁苦恨。诗歌如此写道——

黏天芳草绿蒙茸,久客伤心望不穷。山色自随人远近,莺声只在水西东。

题曰《伤春》,犹如诗眼心魂,含愁带恨,暗示诗人睹物生情,自伤身世,暗示时光流动不居,又过一春,很容易让人联想到老杜诗句"今春看又过,何日是归年",春天如此美丽,为什么诗人却如此多愁善感呢?我们还是走进诗人的艺术世界吧。

芳草萋萋,铺向远方,绿遍天涯,既生机勃勃,又风光无限,这是为乐景。置于开篇,好比在读者眼前铺展一片开阔天地,一派翠绿风光,引人遐思,诱人神往。不过,读到诗歌第二个句子,你会觉得,这不是游客眼中的无边风景,这不是少年眼中的一马平川,这是久客他乡的愁思,这是漂泊流离的哀怨,春草牵扯离愁,春天弥漫相思。诗人远眺,远方无边无际,眼中只有春草,心中只有离愁,又是一春不归家,又是一年春好处。在故乡,妻子盼望丈夫团聚,母亲祈愿儿子平安,儿女盼望父亲回家。在他乡,诗人怀想故园,思念亲人,那些山,那些水,那些人……一切可好? 想过去,在家千日好;叹如今,出门时时难。千难万艰,千辛万苦,全在一"望"。望不到边,望不见家,春天之外更是春天。望不见亲人,望不见故乡的春天,千里之外还是千里,故乡在哪里?芳草迷离了双眼,离思暗淡了天空。古诗写草,情关相思,或思远怀人,或思家恋土。白居易《赋得古草原送别》——"远芳侵古道,晴翠接荒城。又送王孙去,萋萋满别情"。古道荒城,芳草萋萋,送别朋友,依依难舍,天边春草写满了离情别意。李煜词云"离恨恰如春草,更行更远还生"(《清平乐》)。游子走遍天涯,春草形影不离,剪不断,铲不除,千头万绪在心头。李白《春思》云"燕草如碧丝,秦桑低绿枝。当君怀归日,是妾断肠时"。妾妇相思,愁苦断肠。相思如草,芳草铺天盖地;草如碧丝,碧丝连绵不尽。相思之广弥漫天地,相思之长悠悠不尽。春草写满了凄切思念。因此,俞处俊开篇直言春草芳绿,生机勃勃,良苦用心则是烘染离情,传达思乡。

远方山峦起伏,层层叠叠,青葱翠绿,灿烂天地。诗人行走山川,游目山峦,时远时近,时青时绿,色彩像一条流动的河流,流逝了岁月,却流不尽相思。山峦像一道翠绿的屏障,挡住了远方,也挡住了故乡。诗人无心欣赏这明媚山色,无心流连这醉人的风景,诗人脚步匆匆,奔波不停,他心中只有故乡,只有远方,而远方有多远,故乡又在何方? 他也不知道,也许自从他当年离开故乡的时候起,他就带上了故乡,游走天涯,故乡永远在他心中,天涯又如何能找寻得到呢? 正如一个人戴着眼镜,睁大眼睛,寻寻觅觅,凄凄惨惨,狼狈不堪,哪能找到心爱的眼镜呢? 人啊,一旦离开故乡,久了,远了,就找不到归路,找不到故乡。正是因为诗人陷入这样一种困惑、迷茫，无所适从的心态中，因此，他看不见群峰耸翠，他听不见鸟语花香，他体会不到山水欢笑。他的心在故乡，而不在山水花鸟，他没有闲情逸致来欣赏风景。诗人用了两个词"自"和"只"，大有深意。"自"言山色，自远自近，自青自绿，自添明媚，自显生机，与诗人无关。"只"说黄莺，水东水西，婉转歌唱，时高时低，起伏有致，可是诗人视而不见，听而不闻，只因无心无意。换句话，心不在焉，心在远方啊。远方是故乡，远方有亲人，远方有儿女，远方有熟悉的山水，他乡再美非吾土，他音再好非乡音，游子的心中，故乡永远最美！

  今天我们和诗人的处境不一样，我们生在故乡，长在故乡，不离不弃，相依相伴，少了离乡背井之苦，少了漂泊流离之艰，我们有心情品读诗人的离乡心曲，读山水风光明媚，读芳草萋萋无边，读山色翠绿迷人，读黄莺引吭高歌，我们读到了春天的快乐自由，当然，我们也很难忘记，快乐自由之下的那份黯然神伤，那份悄怆忧思。

卧听檐雨落三更

——方翥《癸酉冬赴部除夜宿信州客舍》散读

除夕之家，万家团聚，万众欢腾，可是对于宋代诗人方翥来讲，宋高宗绍兴二十三年（1123）的除夕，就过得特别凄凉，特别落魄，其诗《癸酉冬赴部除夜宿信州客舍》就描绘了诗人那个除夕客居旅舍孤寂难熬的心灵感受，诗歌是这样写的——

隔屋青灯一点明，卧听檐雨落三更。无因作得还乡梦，门外儿童爆竹声。

标题是文章的眼睛，眼睛是心灵的窗户，这个标题有几个词语至关重要，传达诗人的情思意韵。"癸酉冬"交代了时间，宋高宗绍兴二十三年，冷风凄凄，寒气袭人。除夜，点明时节，传统节日，合家团圆，其乐融融，可是诗人由于官命在身，不得不远赴他乡，远离家人朋友。信州客舍，即今天的江西上饶市一处普通客栈，诗人赴京履职，途经此地，时间很晚，风寒侵扰，不得不在此落脚。除夕之夜，诗人就这样一个人孤苦伶仃地度过。这份孤寂、落寞，这份凄凉、无奈，又是怎样描绘出来的呢？我们还是走进诗歌世界吧。

那个夜晚，没有朋友陪伴诗人促膝谈心，没有青灯伴随诗人彻夜长读，没有火炉温暖诗人孤寒冷寂。晚餐过后，夜色加深，诗人就上床睡觉了，他想早点入睡，早点入梦，也许沉沉睡眠能够使他躲避眼前的艰难困苦，也许悠悠乡梦能够慰藉他离别亲人的孤寂之心，可是，他越是这样想，就越是不能安眠。隔壁屋子里，青灯点点，隐隐约约，忽明忽暗，也许是哪位寒门子弟在挑灯夜战，也许是哪位天涯游子在对影伤怀，也许是哪位落魄官人在皱眉沉思……总之，那暗淡冷寂的光，深深地刺痛诗人的眼睛，引发了诗人的身世之叹。寒风呼呼，孤卧客舍，仰面朝天，四壁冰冷，自己的境遇不也和隔壁那位青灯独伴、形影相吊的陌生人一样凄惨吗？都是奔走江湖的人，或为人子，或为人父，或为人夫，或为人友，在这温馨幸福的除夕之夜，却还要忍受离别相思之苦，忍受天涯沦落之困，千般不忍，万般不愿啊。回家，回到妻儿子女的身边，回到白发父母的膝下，围炉而坐，谈笑风生，那才是最大的幸福啊！诗人无奈，身不由己，诗人无眠，忧心如焚。伴着冷风，外面下雨，淅淅沥沥，响彻耳畔，都快三更半夜了，雨声还没有停止，诗人也一直不能入睡。嗖嗖冷风撞击窗户，呜呜作响，门缝里，墙隙间，刮进丝丝寒风，让诗人感觉到风无情，人无助。滴滴答答，雨声不断，滴在地上，也滴在诗人的心间。那份清冷，那份刺耳，让人不寒而栗。诗人在听风听雨，听风雨无情肆虐，听心灵长吁短叹，无言无语思千里，有风有雨伴凄凉。

　　也许是听厌了风雨无情，也许是睡久了身心疲惫，也许是想痴了故园亲朋，诗人不知不觉渐进梦乡。梦中，他回到了故乡，与父母双亲团圆，与亲朋好友相见，海阔天空，话语滔滔。喝酒则开怀畅饮，千杯嫌少；畅谈则无拘无束，万言不多：何等欢畅！何等幸福！可是，欢乐的时光总是短暂的，幸福的好梦总是脆弱的，正当诗人尽情尽兴享受天伦之乐的时候，客舍门外孩子们的爆竹声惊醒了诗人的美梦，炸碎了诗人的幸福。诗人躺在床上，恍恍惚惚，无语伤心。他想到了很多，他心绪不宁，快乐是孩子们的，我什么也没有，他们在欢呼新年，他们在憧憬美好的未来，可我呢？我还得要离乡背井，辞亲别友，如此奔波，如此忙碌，何日是归年？何时能团聚？爆竹声声辞旧岁，流水春风又一年，岁月不居，光阴易逝，我已是老迈残年之人了，人生还有多少黄金岁月，生命还有多少芳香光华？功名富贵也许很重要，衣锦还乡也许很风光，但是，和孩子们的开心快乐相比，和与家人团聚的温馨幸福相比，那又算得了什么呢？从心灵深处讲，从人性真实看，人是需要温暖的，人是离不开亲情的，为什么"金窝银窝，不如自己的狗窝"？为什么"在家千日好，出门处处难"？关键是狗窝有亲情的呵护，在家有快乐陪伴。人生行走，再远再风光，永远离不开家园。

经历了除夜煎熬之苦的方翥更珍惜亲情乡情，懂得了爆竹声声的我们更珍视故园邻里，人生不易，总有许多除夕是注定不能陪伴家人，但是，我们用心用情呵护每一个属于我们的节日，心在故乡，哪里都是故乡。

西风门巷柳萧萧

——姜夔《送范仲讷往合肥》(其一) 散读

游子奔波江湖,浪迹天涯,心中永远装着故乡。故乡的一山一水,一草一花,一人一事,无不牵动游子的乡思苦怨。宋代词人姜夔曾客居合肥南城赤阑桥之西较长时间,对这里产生了不是故乡却胜似故乡的感情。如今,好友范仲讷要离别诗人,前往合肥探望诗人曾经的故乡——赤阑桥,诗人临风伤别,睹人思乡,挥笔写下了客中送别之诗《送范仲讷往合肥》——

我家曾住赤阑桥,邻里相过不寂寥。君若到时秋已半,西风门巷柳萧萧。

题为送往,实则思乡。诗无华丽文辞,亦无晦涩典故,纯用白描,平易如话,读起来,感觉韵味醇厚,情致沉绵,体现了姜夔诗词清朗隽永,余韵悠长之风格。

诗人告诉朋友,我家曾住在合肥的赤阑桥西边,那个时候,邻里往来,好不热闹,至今想来,倍感温馨。姜夔二十余岁时,曾至合肥,结识歌妓姊妹二人,情好甚笃,此后二十余年间,未尝稍忘,时时发之于咏。此诗开篇直呼"我家",深爱之情,深思之意,不言而喻。诗人的原籍是鄱阳,合肥是客居,但是,人总是这样,在一个地方待久了,习惯了那里的风土人情,邻里世故,心生欢喜，反认他乡是故乡，诗人永远不会忘记赤阑桥，永远不会忘记那里的邻居。走门串巷，你来我往，谈天说地，好不欢悦。人生风雨，几多坎坷，几多无奈，但是，那些纯朴、美好的邻里生活，那些温馨动人的场景画面，是挥之不去的思念，是心灵孤寂的慰藉，是有滋有味的回忆，永远铭刻在诗人心中。唐代诗人王维有诗云——"君自故乡来，应知故乡事。来日绮窗前，寒梅著花未"（《杂诗》其二），诗人迫不及待地向故乡来的朋友打听故乡的事情，舍弃万千事务不问，单问小事一桩，你来的那天，我家窗前那枝梅开放了没有？王维铭记一枝梅，是因为那枝梅陪伴诗人度过了多少快乐和忧伤的时光，见证了诗人曾经的生活和感情。钱起诗曰——"谷口春残黄鸟稀，辛夷花尽杏花飞，始怜幽竹山窗下，不改清阴待我归"（《暮春归故山草堂》），诗人暮春时节，回归故里，伤感春残鸟稀，伤感花谢花飞，独岭窗前翠竹，青阴不改，傲然坚挺，当然诗人借竹言志，心有寓托，但是也表明，山窗之下，青青翠竹，早已融入了诗人的生活，早已植根诗人的心灵，不是回乡才怜，而是时时怜，处处怜，思念那些翠竹，思念那些过去的日子。同样道理，宋代诗人姜夔诗中拈出"邻里"，表明诗人对邻居里巷的眷恋和热爱，那种不问身份，不讲地位，不谈名利，出乎自然，源自本真的来往，给诗人带来了宁静与充实，给诗人带来了欢乐和幸福。

  诗人还告诉自己的朋友，你到那里的时候，可能已近深秋时节，瑟瑟西风之中，你可看到，我家小巷门前的那些柳树正落叶萧萧呢。此番告白，含义多多。一是告诉朋友，你如何才能找到我曾经生活过的住处呢？记住了，门前柳树落叶纷纷，那就是我的家。二是暗示自己真真切切地记得那些柳树，记得过去那些熟悉的生活，柳树作证，乡情永远。只可惜，诗人现在漂泊在外，身不由己，欲归而不得，怅望故乡，愁思茫茫啊！三是点明深秋时节，秋风劲吹，柳叶凋零，烘托诗人和朋友的离别痛楚，古诗写柳双关离情，"柳"谐音"留"，希望客人或朋友留下，多待一段时间，但是各有各的艰难，聚少离多总是给人添愁惹恨啊。王维诗《送元二使安西》——"渭城朝雨浥轻尘，客舍青青柳色新。劝君更尽一杯酒，西出阳关无故人。"以柳送行，以酒留别，千般不舍，万般思念。柳永词《雨霖铃》——"今宵酒醒何处？杨柳岸，晓风残月。"设想离人远去、漂泊辗转的生活，冷风残月，杨柳含悲，牵挂之情，怀想之意，弥漫诗句。设想一下，如果不是"柳"，而是"松""竹"之类的景物，则自然没有朋友相思，离别伤感的意绪。另外，还要注意诗人的用词"若到"，表明是一种假设，是一种预想，现在还没有到秋季，但是，没有到却又必将到，谁能阻止秋天的到来？谁又能阻止秋风劲吹？谁又能阻止柳叶凋零？其间流露出一种岁月不居，人生无奈的苍凉感。我相信，诗人写这首诗的时候，他和他的朋友，还有他曾经的故乡，都一起慢慢苍老了。

秋天不可阻挡，西风不可抑止，柳叶不可常新，岁月不可停留，但是，诗人对故乡的思念，却是永远发酵，愈酿愈浓。

相逢都是广寒人

——葛长庚《中秋月》散读

月圆中秋，情满人间。中秋是万家团聚，吉祥喜庆的节日，也是天涯游子刻骨相思的苦日。月光朗照天地，人间处处相思。宋代诗人白玉蟾一首《中秋月》阅览人间秋色，抒写浩渺情怀，相思如月，洒满天地，相思如潮，汹涌人间。诗歌是这样写的——

千崖爽气已平分，万里青天辗玉轮。好向钱塘江上望，相逢都是广寒人。

中秋佳日，秋高气爽，玉宇澄清，天地空明。千山万岭，莽莽苍苍，沐浴月辉，平分秋色。万里青天，浩瀚无垠，玉轮辗转，银辉四射。何等宏阔壮观的画面！何等空明皎洁的世界！写秋色，清凉冷寂，弥漫千山。落一"平"字，浓浓秋意，无处不到，无处不均。妙用"千崖"，拓展目力，开阔心胸，千山含秋，万水生寒。"千崖平分"，统而观之，天下秋意一般浓，人间秋色一般凉。诗人的感受、体验早已超出了一人一地、一事一物之狭小空间，而是俯瞰江山，遍览人间，觉悟天地同秋，万众同怀。写明月，空灵透亮，万里生辉。月如玉轮，圆满光洁，流光溢彩，月行青天，光照万里，天地空明。落一"辗"字，绘形绘态，滚滚有声。嵌一"玉"字，玲珑剔透，熠熠生辉。青天有月，人间有情，万里同辉,万众同感,月亮从青天滚过,相思从人心流过,看得见明月皎皎,江天一色,看不见相思如水,绵绵不尽。"千崖"对"万里",空间而言,千崖之外是千崖,万里之外是万里,辽远浩渺,恢宏壮阔,挑战读者目力,震撼读者心灵。"爽气"对"青天",感觉而论,秋高气爽是寒凉,万里青天含冷寂。秋色无边,寒气森森,清凉读者肌肤,冷彻读者心肺。"玉轮"之想,别有情趣,将遥不可及、高不可攀的明月拉回人间,可近可感,让动而难察、静默无声的明月转动起来,有声有色,给人留下深刻的印象。中秋圆月就是不一样,它普照万里江山,它凝聚人间深情。李白也写过月——"小时不识月,呼作白玉盘。又疑瑶台镜,飞在青云端。"小时候的李白对月认识不多,充满了天真和好奇,他笔下的月既飞又转,好玩刺激。葛诗人则历尽沧桑,洞达人生,他笔下的月添愁惹恨,传情达意。心境不同,月亦不同。

天上有一轮冷寂的明月,地上有一位孤独的诗人。如此清秋佳日,如此冷清夜晚,诗人客居异地,遥念故园,自然愁思满腹,彻夜难眠。起身眺望钱塘,江潮不起,波平如镜,皓月朗照,水天一色,诗人似乎觉得,自己不是随同众人在江岸上观潮赏月,而是恍恍惚惚,来到月宫,所见所遇,全是广寒宫人。此等联想,亦实亦虚,似真似幻,情意隽永,耐人寻味。钱塘胜地,历来是观潮赏月的好去处,游人如织,络绎不绝。诗人不写江潮汹涌,人群欢呼,诗人不提人来人往,熙熙攘攘,单单突出一点,江天一色,月凉如水,观者云集,暗示天下明月一般亮,天下相思一般深。诗人的相思不眠汇入了人海思潮,这个夜晚,普天之下全是明月,全是思念。钱塘江畔,孤独的人遇孤独的人,冷寂的心碰冷寂的心,沐浴清辉,神思悄然。广寒宫里谁在流泪?玉兔因秋霜冷露而难眠,嫦娥因孤独冷寂而伤心,吴刚因劳而无功而苦恼……月宫凄冷,情思凄凉。诗人明言,今天夜晚,相知相遇,不分地域,不分性别,都是广寒宫人,都是心怀惆怅,都是望月怀远。人生如月，总有残缺不全的遗憾，相思如月，总是洒满天涯海角。张九龄放言"海上生明月，天涯共此时"，王建歌咏"今夜月明人尽望，不知秋思落谁家"，人同此心，心同此情，中秋月最圆，中秋情最深，中秋月最冷，中秋愁最浓。

　　人生艰难，离恨多多。远离家门的游子，漂泊天涯，辗转不定，每到中秋，这个刺痛心怀的日子，总是临风悲叹，望月怀远，万千游子有万千思念，万千思念汇成了汪洋大海，沉溺其中的诗人能够自我解脱吗？明月不语，任清辉冷照天地；江山无言，任寂静弥漫夜晚。诗人的夜晚，除了拥有一轮秋月之外，什么也没有。

含羞却立海棠边

——陈郁《东园书所见》散读

　　热烈奔放，粗犷豪放的姑娘猛浪过分，野性有余，这种美缺少节制，不够含蓄；矜持高贵，孤芳自赏的姑娘不动声色，不见哀乐，这种美太过庄严，令人敬而远之；娇羞腼腆，含蓄深沉的姑娘举止投足，风姿绰约，这种美动人心魄，惹人联想。宋代诗人陈郁的小诗《东园书所见》就给我们描绘了一个情窦初开，羞羞答答的少女，步态舒缓，神情娇羞，花容月貌，楚楚动人。诗歌如此写道——

　　娉娉游女步东园，曲径相逢一少年。不肯比肩花下过，含羞却立海棠边。

　　一个身材修长，面容姣好的少女到东园去散步；春天的东园姹紫嫣红，五彩缤纷。爱美是姑娘的天性，春天永远属于姑娘。万物吐绿，百花争艳，勃勃生机诱惑着姑娘的双眸，撩拨着姑娘的心扉，她有一种说不清道不明的情绪在心中汹涌膨胀。她期望在这个如花似玉的年龄发生点什么，她渴盼在这个鸟语花香的春天收获一点什么；她隐隐约约，朦朦胧胧地意识到了这种企望，她又深为自己这种躁动不安的想法感到羞愧。她长年生活在深闺大院，不出二门，不见天日，外面的世界对她是一个莫大的诱惑。今天，她终于获得了这样一个机会，到园子里去走一走，呼吸一下新鲜空气，闻鸟语花香，看草长莺飞，释放内心的郁闷，追寻心中的梦想。奇迹终于发生了,在曲径通幽处,在繁花盛开时,迎面走来一个潇洒少年,少年的英俊潇洒逃脱不过姑娘锐利的眼睛,四目相对,电光石火,姑娘震惊,世上竟有如此勾人心魂的美男子,自己长这么大竟然从未见过如此迷人的少年!姑娘慌了神,手不知往哪儿搁,脚不知往哪儿移,眼不知朝哪儿看,心儿咚咚直跳,好像怀中抱着一个小白兔,张开嘴想打个招呼,一时又无语,说什么好呢?素昧平生,萍水相逢,什么语言才能打开这扇阻隔千年的门呢?姑娘慌乱,激动,不知所措,她意识到了自己的失态,她控制不住短时间的胡思乱想,她有些后悔,有些内疚,甚至还有点责备自己的味道,遇见一个陌生人,干吗这样浮想联翩,该死的我!

  到底是大家闺秀,到底是知书达理,她要矜持地掩饰内心的不安,她要从容地应对尴尬的场面。她不愿正面相对少年,她不肯肩挨着肩从花下经过,她要礼让,她要回避,她要克制,她要镇定。可是,此时此刻,狭路相逢,千年相遇,她又能怎样呢?后退几步,靠边站着,背后是一株高大艳丽的海棠花,让少年从身边经过,让翩翩风度从眼前消失,兴许,在少年走过的小路上、空气中,还飘散着他独有的味道;兴许,在少年渐行渐远的背后,姑娘还可以贪婪地目送他的背影;兴许,少年的悄然离去永远占据了她的心。她太胆怯,太羞涩了,以至于她不敢迎面相对,轻声表白,她有着真挚而强烈的感情,她憧憬着纯粹而美好的爱情,但是,只能压在心里,只能留存记忆。她娇涩地站在一边,海棠的艳丽衬托出她的芳华,外表的拘谨暴露出她内心的慌乱。她的娇羞低头,她的依花而立,构成一道亮丽而感伤的风景,令人迷恋,令人叹赏。设想一下,如果她是一个泼辣大胆的少女,看到自己喜欢的少年迎面走来,肯定会张开双臂,热烈拥抱,火爆表达热烈的爱,大胆畅述深深的情。可惜,诗中这位主人公不是如此豪放的女子,因此,她在这个春天,这个花园,只能收获心动和遗憾,迷醉和神往；不过，她的遗憾和羞涩，却构成了我们梦幻中永恒的美。

　　行文至此，我突然想起李清照笔下的少女，"蹴罢秋千，起来慵整纤纤手。露浓花瘦，薄汗轻衣透。见客入来，袜刬金钗溜。和羞走，倚门回首，却把青梅嗅。"一样的清纯，一样的真情，一样的羞涩，一样的优美。今天，社会开放，人性张扬，感情外露，少见这些古典的女子，少见这些含羞带怯的女子了，或许，她们只能活在诗词中，活在我们心里吧。

万年枝上听箫声

——王仲修《宫词》散读

春天属于如花似玉的女子,春天属于悦耳动听的洞箫。我读过许多描写宫女生活的诗词,大多悲悲切切,凄凄惨惨,不是哀怨失宠君王,冷落后宫,就是痛诉青春苦恨,华年早逝,可是,读到宋代诗人王仲宣的《宫词》却是一番清新感受:不见宫怨连连,泪如雨下,不见形单影孤,落寞萧索,只见春风细浪,云卷云舒,只闻箫声婉转,入耳动心。诗歌如此写道——

云娇烟懒雨初晴,环碧风轻细浪生。尽日黄鹂不飞去,万年枝上听箫声。

诗中有风景,画中有音乐,鸟在枝上听,人在画中奏。美好的春光连同美好的形象一并闯入读者的眼帘。

诗歌是想象的艺术,也是抒情的艺术,这首诗,诗人为了突出心目中美丽女子的精妙演奏,刻意营造了一个精美如画,轻柔似云的意境。你看,细雨过后,高天放晴,一派明朗,一派清新。几朵白云,漂浮天空,游移不定,似有娇容媚态,又含高洁情致。风儿轻轻吹,有气无力,抚弄树枝,令人感受到春天的慵懒和温和。再看看地面上,环碧池中,微波泛起圈圈涟漪,轻风捎来缕缕花香。春天了,花木复苏,生机勃发,空气中到处弥漫着晴暖而温馨的气息。万年枝上,郁郁葱葱，苍翠逼人，一只黄鹂静立枝头，凝神谛听，她在聆听美妙的洞箫演奏，她在品味春天的美妙乐章。我们看不见是谁在演奏，我们也弄不清楚演奏曲目，但是，风景会说话，黄鹂会唱歌，诗中所揎绘的历历如画的场景，无一不在暗示我们：有一位美丽的女子，在这个美丽的春天，用一枝竹箫吹奏出对自然的热爱，对美好的珍视，还有留存于心的对生活的向往。她应该是宫女，自从入宫的那一天起，她就失去了自由，她失去了普通女子所能够享有的爱情和幸福。她与外面的世界隔绝开来，她生活在一个由高墙大院和绿树花草构成的院子里，她向往外面的世界和世俗的生活，那边有快乐和自由，有亲情和爱情，但是，一堵高墙阻隔了她的任何美好的设想，她苦闷，她也寂寞的。可是，苦闷和寂寞，孤独和无聊，压抑不住她怦然跳动的心，还有那份潜藏心底的被春天突然唤醒的生命活力，她渴望自由，她爱恋美好，她要用最美的箫声来表达她对春天的热爱，因此，黄鹂有福聆听到了她的演奏，我们有幸聆听到了音乐的精妙。

黄鹂是自然界的歌手，容貌娇小玲珑，声音婉转动听，杜甫绝句咏唱"两个黄鹂鸣翠柳，一行白鹭上青天"，又云"映阶碧草自春色，隔叶黄鹂空好音"，王诗人拈黄鹂入诗，意在陪衬女子，连自然界最会唱歌的黄鹂也听得如痴如醉，沉迷不醒，可见，女子的洞箫演奏多么高妙，又多么吸引人。女子是幸运的，她的演奏，有黄鹂这位能歌善唱的知音分享，女子又是悲哀的，偌大一个世界，除了不会说话的黄鹂，没有一个人能够聆听到她的心声、她的快乐和忧伤。深宫大院的花花草草、绿池亭台是她的朋友，彩绣辉煌的廊桥窗格、坐倚卧塌是她的伙伴……陪伴她的就是这些无情无欲、无肝无肺、无言无语的东西，何其凄惨，何其可怜！好在她不沉沦颓丧，她不唉声叹气，她能够用音乐来调理自己，用憧憬来安慰心灵。

女子的幸运还在于有一位懂得她的音乐的诗人。我们不必去怀疑诗人艺术创作的真实性,这首诗所描写的场景,不管诗人见闻与否,这都不影响它的真实性。重要的是,诗人有一颗美好善感的心,他能够体会女子的处境艰难和内心孤寂,他更理解女子热爱春天,追逐美好的心灵,他能够分享女子的快乐和兴奋,他乐意用诗笔描绘一颗金光闪闪的心灵,他乐意把赞美和敬意奉献给深宫女子,就这点而言,诗人不仅是善良的,更是伟大的。他笔下的风光景物无一不沾染美好的情意。云如烟似水,娇嫩欲滴;风如娇花照水,柔弱不堪;水如柔曼轻纱,光洁平滑;鸟似知情晓意,分忧担乐;树如丹青翠色,浓艳迷人……无一不美丽,无一不空灵,无一不引人入胜,这是美的精灵,这是歌的音符。

春天,一枝洞箫吹响未来。春天,一只黄鹂聆听希望。

烧罢心香午夜阑

——王镃《裁衣曲》散读

一滴水可以折射出太阳的光辉，一粒砂可以见证风云的激荡。一颦一笑，一言一语，一举手一投足，均可反映出人物的内心情感。诗歌是抒情的艺术，抒情借助细节，直击人心。这样的作品比比皆是。宋代诗人王镃的《裁衣曲》抒写闺妇对远方服役的丈夫的思念，细节描写生动传神，感人肺腑。诗歌是这样写的——

烧罢心香午夜阑，玉纤轻捻剪刀寒。衣成恐不如郎意，独着灯前照影看。

深更半夜，冷风凄凄，女主人公心事重重，忧思难眠。她焚香祷告，她念念有词，没有人听见她隐隐作痛的心跳，没有人分担她独守空房的孤寂，陪伴她度过一个又一个漫漫长夜的除了孤独，还是孤独。她思念丈夫，她祈求上天保佑丈夫平安。她担忧丈夫的冷暖安危，秋风起，天气凉，她要及时赶制寒衣，在寒冷抵达边关之前把寒衣寄给丈夫。她心中若干次默默询问丈夫"寒到边关衣到否"，相思像浩浩秋风，吹越万水千山，奔赴丈夫驻守的边关要塞；牵挂像悠悠流水，流经十滩九湾，抵达夫君如饥似渴的心田。她伸出纤纤玉手，轻轻拿起冰冷的剪刀，裁剪布帛，缝制寒衣，寒冷刺激她的心灵。她早已习惯，她并不怕冷，她担心的是远方的丈夫如何挨过这寒冷的秋冬。她的心思都放在丈夫身上，她关心天气的变化，全只为了远方的一个人。诗人把她的思念安排在午夜阑珊的时候，虔诚祷告，相思无尽。白天，她要操持里里外外的活儿，耕田种地，挑水砍柴，照顾公婆，养育儿女，忙得疲惫不堪，晕头转向。也许只有到了晚上，大家都休息之后，她才能腾出时间来，想想自己的心事。没想到越想越深，越想越细，及至半夜将尽，还是毫无睡意，丈夫要是此时出现在自己身边，那该多好啊，只可惜除了梦中与丈夫相聚，她毫无办法。诗人描写她的动作及感受，生动感人。天气凉，剪刀冷，比剪刀更冷的是她孤寂落寞的心。又是一年秋风至，多少年了，她和丈夫两地相隔，不能团聚，青春渐渐老去，心灵渐渐枯冷，她不知道，这种等待还会持续多久，她也不知道这种等待有没有美好的结果。明天，丈夫也许回来，明天丈夫也许永远不会回来，谁知道呢？

  可怜的女主人公，她能做的，在这个深秋寒冷的夜晚，只是尽快做好寒衣，明早托人捎去，早一天送达丈夫手里，早一天了却相思心愿。她很聪明，心灵手巧，勤劳能干，不多的功夫，寒衣便制好了。她又犯难了，好久不见丈夫，宽窄胖瘦不知，这衣服合适吗？好心赶制的寒衣，如果不合丈夫心意，那岂不是令自己非常难堪，愧疚？善良的女子啊，独自拿起衣服，在自己身上比试，又对着灯影反复打量，让丈夫高兴，让自己安心，千番情，万种意全都缝进了这件寒衣里面。诗歌三、四两句通过一种心理（唯恐不如郎意）和一个动作（灯前比试），写足了女子对远方丈夫的思念和关心。李白《子夜吴歌》写女子思念丈夫："长安一片月，万户捣衣声。秋风吹不尽，总是玉关情。"借千里皓月，万户寒声，浩荡秋风，传达浩荡思念，不是一家一户思亲怀远，而是千家万户望月思边。普天之下，皓月朗照，全是相思。王镃诗歌则没有这么宏大的境界，没有这么浩大的声势，只写一人长夜不眠，赶制寒衣，只写一人相思如月，流照边关，情凄意切，动人肺腑。唐代诗人孟郊歌咏母爱深情："慈母手中线，游子身上衣。临行密密缝，意恐迟迟归。谁言寸草心，报得三春晖。"（《游子吟》）一针一线，密密麻麻，缝进了慈母对游子的牵挂和忧念。王镃此诗写女子思念丈夫，也是动作和心理描写凸显女子的绵绵深情，两首诗情意效果大致相同。

全诗以思念为主旨，却不着思念二字，处处表现思念之情。夜深人静时，凝神静气，虔诚祷告是思念；瑟瑟秋风中，手拿剪刀，赶制寒衣是思念；幢幢灯影前，比试寒衣，反复打量，仍然是思念。真可谓，一夜不眠一夜相思，一身寒衣一身牵挂。有情如此，痴情如此，的确令人感动。

玉笛吹残正断魂

——陈允平《小楼》散读

世界上没有无缘无故的喜欢，也没有无缘无故的愁恨，但是我们欣赏诗歌，有些时候却可以不去刨根究底，不去对号入座，单单欣赏那份离愁苦恨的表达，单单欣赏那份欢天喜地的抒写，其实，这些都是一种享受，一种心灵的升华，一种情感的净化。读宋代诗人陈允平的小诗《小楼》，你会愁容满面，伤感满怀，但你不知道，为什么是这样，而不是那样。你只是因感动而伤悲，因风景而联想。诗歌如此写道——

寒空漠漠起愁云，玉笛吹残正断魂。寂寞小楼帘半卷，雁烟蛩雨又黄昏。

秋空漠漠，浓云向晚，谁家小楼飘来断断续续的笛声，听起来令人伤心断魂。"漠漠"极言秋空烟云密布，广漠沉寂，反衬小楼的孤单渺小。楼且如此，则楼上之人复何以堪？不见人影，不见楼形，而愁苦自见，孤寂自显，可谓不着一字，尽得风流。秋空言"寒"，自然是指天凉好个秋，内里却暗涉人心冷落，情绪低迷。多愁善感的人对节候的变化，天气的冷暖，尤其敏感。诗人笔下，主人眼中，秋空是寒凉的，浓云是含愁的，笛声是残破的，所见所闻，无不给人以低沉压抑之感。"正断魂"是沉痛语，可作两解，一指吹奏者笛音残破，含愁带恨，伤痛欲绝；二是指听曲者耳痛心惊，肝肠寸断，几不自胜。是吹是听？是愁是恨？全凭读者去品味，去沉思。诗人的职责是给你渲染一种氛围，引发你的生命感发，心灵触动。"残"字用得好，听音知情，听曲知心，吹奏之声断断续续，难成曲调，则主人的心烦意乱，苦痛忧愁，可想而知。这座小楼被烟雨浓云笼罩，这位主人被破碎笛声包围。这个黄昏充满了忧愁苦怨。

　　诗歌如画，定格瞬间，展示永恒。小楼在蒙蒙细雨中，在雁飞蛩鸣时，隐约露出面目，独立无语，窗帘半卷，又是一个风雨苍茫的黄昏，又是一番凄迷怅惘的心绪。风雨黄昏后，有人楼上愁，不需要看见她的玉容天姿，不需要听见她的款款心曲，仅从深秋黄昏的惨淡风云，读者就可窥一二。小楼不会寂寞，寂寞不是小楼，只有居住楼上的人才会有此孤寂落寞之感。她半卷窗帘，希望看到什么，希望排遣心绪，她想让尘封的心稍稍敞开，迎接外面的风和雨，烟和雾；她盼望大雁给她捎来远方的书信，但是，大雁飞鸣，消失天际，她只能收获失望和失落。她盼望雨过天晴，天空放光，明媚一下她忧郁的双眸，但是，她看到满天风云，烟雨凄迷。她的心千头万绪，一团乱麻。她希望听见欢乐的歌唱和响亮的演奏，但是她听见的却是蛰伏的蟋蟀在瑟瑟寒风中悲鸣长叫。又是黄昏，又是一天，又是一个夜晚，等待她的是相思？是忧念？是失落？是无奈？这个夜晚注定孤独，这个黄昏无语悲伤。她习惯了这种生活，她习惯了这种守候和等待，她习惯了这种煎熬和折磨。诗人用黄昏烟雨、雁飞蛩鸣这些传统意象来传达女主人公的忧思愁苦，惹人联想，动人心怀。古诗写大雁，或与游子归家无计有关，或与闺妇相思念远相涉，或与朋友离恨天涯牵连，大雁是传情达意的使者，可以给可怜的人捎来喜讯，但更多是捎来失望和痛苦，鸿雁无书，消失烟雨，目断神枯，心痛如割啊。蟋蟀悲鸣，凄厉惊心，让人不寒而栗。柳永词作《雨霖铃》写情人离别云"寒蝉凄切，对长亭晚，骤雨初歇"，以寒蝉凄鸣来烘托离人苦痛。陈允平这首《小楼》则以风雨寒蝉来烘染愁苦,效果类同。黄昏也是凄凉写照,夜幕降临,风紧声急,痛杀人也,孤独的心怎么忍受得了这个无情的黄昏。李清照词"东篱把酒黄昏后……帘卷西风,人比黄花瘦。"又云"梧桐更兼细雨,到黄昏,点点滴滴",黄昏愁,黄昏惨,黄昏小楼人伤感。

　　一座小楼风雨不动,无知无觉,一天乌云弥漫秋空,无爱无恨,一场烟雨苍茫而至,弥漫天地。一位女子,手握横笛,面向秋空,倚栏而吹,笛音断断续续,感动了万千风物,云为之含愁,雨为之流泪,烟为之凝恨,雁为之惊心,蛩为之战栗,读者为之伤神,可谓:一时多少愁,都在小楼中,人生离恨苦,烟雨苍茫时。

一阵东风作晓寒

——李庚《画扇》散读

小楼无语是忧郁写照,杨花飞舞是空灵写意,凝眸沉思是寂寥写实,一幅画无声无息,无言无语,却能够传达环境的氛围和人物的心态,一首诗有姿有态,有情有意,道尽人物悠远神思和莫名惆怅,诗画一体,同源同心,珠联璧合,堪称绝配,这是我读宋代诗人李庚的题画诗《画扇》的深刻感受。诗歌如此写道——

睡起小楼春又残,半垂云袖傍栏干。杨花飞过鞦韆索,一阵东风作晓寒。

题曰《画扇》,自是清空悠远,风雅妙绝。扇上作画,画边题诗,挥风取凉,诗意扑面,画味扑心,妙不可言,风流之至。

这幅画的内容很简单,不过就是半面楼阁,一位佳人。佳人半垂云袖,凭栏远眺,凝眸遐思。楼下院落,杨柳轻扬,杨花点点,飘过寂寞秋千。画面摄取的景物很古典,写意的色彩很鲜明,聪明的观画者很容易沉潜画中,浮想联翩。这个女子在看什么?这个女子又在想什么?在这个春风起,杨柳飞的季节,她的心在秋千,还是在远方?诗人很高明,充分调动自己的生活观察和体验,以精妙传神的描写,表达了自己对扇画的深刻理解。

那天早晨，春风拂拂，寒意微微，女子起了个大早。她困意未消，睡眼惺忪，她鬓云斜披，无心打扮，她走出小楼，凭栏远眺，又见花朵凋谢，春光减少，一丝伤感涌上心间，一丝惆怅写满眉头，随春而去的不仅是花谢花飞，春残春败，还有她美丽的年华和日渐憔悴的心。诗人用"又"字来暗示这种怜春惜花，感伤惆怅的心情，春光一天一天地消逝，芳华一天一天地飘散，无人共赏，无人倾诉，留给女子的只是孤独和寂寞。俗话说，哪个少年不钟情，哪个少女不怀春。楼阁女子面对春光逝云，或许想起了该来的爱情怎么还没有到来，或许想起了曾经甜蜜的爱情为什么又久久不见，相思在远方，相思断人肠。"残"字很残忍，很沉痛，字面上写春光归去，凋零破败，实际上也暗示伤春无计，内心痛苦。半垂云袖，凭栏凝眸，是一幅经典画面，画出了女子的慵懒无心，精神不振，也画出了女子的神思悠远，情感复杂，画出了女子的闲适散漫，美丽动人。古语云"士为知己者死，女为悦己者容"，女子无心打扮，无心梳洗，她等不来心上人，她盼不到甜美的爱情，她的忧伤、惆怅成了遥远的绝唱。栏干承载女子的相思，栏干也放飞女子的希望，她的心在远方，山长水远，天高地阔，茫茫天涯，那个人也许明天回来，也许永远不会回来。在不可预测的等待中，陪伴她的只是小楼、残春、危栏和庭院。

她看到了什么呢？春光烂漫，风物万千，但是最能触动她内心情思的是那架秋千，那些柳絮。秋千仍在，人已远去。想过去，也许她和自己的心上人，一块荡秋千，欢声笑语犹在耳，耳鬓厮磨，情意缠绵。如今，空空荡荡，悄无声息，杨花点点，随风飘过，满目哀怨，满心伤悲，再加上东风轻寒，更添内心落寞。苏轼有词云"墙内秋千墙外道……多情总被无情恼"，想想看，怎能不令词人恼呢？墙内成双成对，欢歌笑语，秋千荡起的是轻盈美丽，是甜蜜幸福，是青春风华，可是这一切，墙外人都没有，也不再可能拥有，年老体衰，贬谪他乡，远去了青春风华，远去了幸福快乐！同样，李庚这首诗中，秋千空落，杨花飘散，远去了欢声笑语，远去了意气飞扬，远去了自由欢乐，远去了心花怒放，至今唯有寂寞守空楼，无语望秋千。注意诗中的"晓寒"和"杨花"两个意象，极富暗示性和包孕性，杨花落尽，凋零破碎，暗示心烦意乱，春心破灭；东风轻寒，一语双关，暗示女子心神落寞寒凉。

一幅画定格了瞬间的美丽和忧伤，一首诗描绘了复杂的意态和情思，诗画相通，彼此生发，共同演绎了一曲凄婉哀怨的相思曲，时过千年，吟诵此诗，我们还念念不忘，那座楼，那个人，那架秋千，还有那些弥漫天空的相思情感。

辑六
迎来送往

危楼千尺送君归

——危稹《送刘帅归蜀》散读

有一种离别,情长似水,义重如山;有一种离别,情动山川,义贯长虹。抛开儿女情长绵绵不尽,抛开夫妻离别肝肠寸断,抛开泪洒长亭挥手相送,抛开行舟江流目断神枯,以万水千山为画,送别朋友西向名山,以千尺危楼为亭,凝视朋友飘然远去。这就是宋代诗人危稹的小诗《送刘帅归蜀》要展示给我们的意境和气魄。

万水朝东弱水西,先生归去老峨眉。人间那得楼千尺,望得峨眉山见时。

山高水长,见证情深义重,友谊不老;危楼千尺,宛见刻骨相思,迢迢千里。

万水东流,归入大海,弱水西去,流向洛地,江流如人,各奔东西,万古不变。弱水的走向是逆万水而行,不东偏西,隐隐透露出友人远离尘俗,背逆官场的人生选择。水流东西,因时而别,因地而异,自然天成,不须勉强;人生亦然,诗人的朋友刘帅早年出仕,晚年隐退,经历了风雨,参破了人生,自自然然会走向山林,走向故里。古来送别,多在长亭古道或码头渡口,危稹却不是这样,他以壮观豪迈,磅礴大气的山水画卷入诗,送别朋友,挥洒豪情。万水无意，千山无语，但是自成天地，气势非凡，给人以天高地阔、水涌山动之感。送别在山明水净、开阔辽远的天地里发生，不见悲伤，只有景仰，不见缠绵，只有浩叹，的确非同寻常。

朋友归去，隐居峨眉，自然也不是一般意义上的告老还乡，其间大有深意。峨眉是世外净土，佛光普照，玉宇澄清，山鸣谷应，自成天籁，居山修行者多为高僧佛徒，心怀杂念、俗性未退者不能入居山寺。诗人归隐峨眉，倒不是说他一定要出家入僧，远离尘俗，而是暗示诗人远离污浊，洁身自好的理想诉求。与现实相比，与官场相比，峨眉山不仅环境幽雅纯净，更是诗人修身养性、逍遥度日的好处所，诗人自然万分喜欢。注意诗中几个词语，"先生"是作者对朋友的尊称，严肃庄重有余，亲切随和不足，表明诗人对朋友的人生选择的认同和景仰，暗虽不能至、心向往之意味。"老"字暗示了朋友永绝凡尘，不问官场，不涉政事的情志追求，他要以峨眉为家，与山林为伍，颐养天年，优哉游哉，过自己的快乐生活。此外，"老"也给人一种感觉，青山不老，峨眉不老，诗人的躯体生命可以垂垂老去，但是他的弃世之心、洁身之志却与山不老，永远长青。对于"先生"，诗人敬仰有加；对于峨眉，诗人心向神往；对于老迈，诗人心雄气振！

随着朋友的远去，随着思念的加深，诗人天真发问，这人世间要是有千尺危楼该多好，如此不就可以登楼远眺，目送朋友长途西归吗？不就可以时时望见巍巍峨眉了吗？因为思念，诗人舍不得朋友离开，他要目送心随；因为怀想，诗人难以忍受见不到朋友的孤独，他要登楼远眺，让目光越过万水千山，穿过浓云雾障，落在巍巍峨眉之上，同样也落在朋友孤独的身影上。真情出奇想，奇想表真情，诗人在特定情境之下化无为有，化虚为实，用近乎虚荒诞幻的奇想来表达对朋友的难舍之情，委实动人。李白听说朋友王昌龄被贬官龙标，不能相送，便幻想托明月捎去自己的挂念忧虑之心,"我寄愁心与明月,随君直到夜郎西。"柳宗元被贬官蛮荒,思念家人亲友,却又归返无计,便幻想化身万千,站立高山,眺望故乡,是谓望眼欲穿而心生幻觉,用情过深而神往故里,"若为化得身千亿,散上峰头望故乡"(《与浩初上人同看山寄京华亲故》),柳宗元、李白、危稹,同为用情,或思乡,或念旧,或怀友,奇想无穷,情意相通。相对而言,危稹的想法更天真,更奇幻,带有一点孩子气,却恰切凸显诗人的执着一念与刻骨相思。

朋友走了,诗人不可能目极千里,身到形往,但是,我们相信,朋友又没有走,他和青翠的峨眉山一样站立在诗人眼前,站立在诗人心中,久久挥之不去,久久沉思默想。那一天,万水东流;那一天,青山耸立;那一天,相思如水,孤独似山!

细雨垂杨系画船

——范成大《横塘》散读

送别是一首歌,歌人生忧患,歌世道凶险;送别是一幅画,画春风杨柳,画离情别意。读宋代诗人范成大的名作《横塘》,我就产生这种感觉,人生,其实也就是一个迎来送往,循环往复的过程,我们送别朋友的同时,也送别自己的青春和理想,我们在迎来故旧的同时也迎来了自己的幸福和希望。人抗拒不过时间,时间可以改变一切,特别是人的心灵,从范大诗人的作品中,我们看到,风景不变,古迹依然,唯有人生在变,时间在流。诗歌这样写道——

南浦春来绿一川,石桥朱塔两依然。年年送客横塘路,细雨垂杨系画船。

诗话离别,攸关人生,画外有音,遗响千年。

送别之处是南浦,送别之时是初春。春回大地,芳草萋萋,一江春水,缓缓流淌,流不完绵绵离情,流不尽伤心眼泪。石桥横卧,俯视千年流水,静听时间哗哗。朱塔耸立,沐浴风霜雨雪,见证悲欢离合。石桥苍老,朱塔斑驳,经历岁月风雨一年又一年,但是,相对于人而言,它们风姿绰约,年年如此,它们从过去走来,带着历史和记忆,它们从风雨走来,带着沧桑和沉淀。近处是横塘古渡,送客伤心地,儿女断肠处,依旧垂杨如丝,依旧细雨如烟,依旧画船静泊。

一切如诗如画，美妙诱人，春来青草绿，天涯皆生机；石桥朱塔老，曾经风雨时；细雨杨柳处，画船静无声，年年送客情，处处伤心语。唯美明丽之中蕴含忧伤隐痛，苍老古拙之中包含勃勃生机。一切都没有改变，春草逢春又绿，南浦流水千年，石桥朱塔，永远是老样子，细雨、垂杨、画船，种种景物，也是年年如此。但是，不变当中也有变化，南浦春草，渡口垂杨，一岁一枯荣，是自然景物之变；送别之人，新知故友，与时不同，这是人物之变。尤其令人感慨悲叹的是，正是在这种年年如此，无尽无休的感时恨别之中，青春老去，生命枯萎，激情低迷，理想沦落。诗人用"年年"来强调这种普遍如此，挥之不去的失落感和伤痛感，使全诗弥漫着一种深沉而厚重，悲观而绝望的情意，读之凄然，思之伤恸。

　　诗写送别，但绝不是写具体的某一次送别情景，而是以送别情景为凭借，抒发一种近乎永恒的无可摆脱的悲剧感。人生如戏，戏有终场散合的时候，人有挥手离别的时刻，人生自然免不了离愁别恨，而且年年如此，从来如此，诗人站在历史的高度，洞达人生，参破离恨，流露出因清醒而失望的悲哀，因沉静而冷峻的悲悯。这种思索很容易让我们产生共鸣，因为它道出了大家普遍能够体察到的一种人生状态，古诗有云"年年岁岁花相似，岁岁年年人不同"，又云"今人不见古时月，今月曾经照古人"，还有"春草明年绿，王孙归不归"，苏子亦云："世间万物，自其变者而观之，则天地不能以一瞬，自其不变者而观之，则物与我皆无尽也……"是的，一切都在变，一切都没有变，在万千事物当中，人是多么脆弱、渺小，人的悄然老去又是何其迅速，人们承受离别之类的痛苦，又何等沉重。可是自然永恒，时间永恒，流水永恒，秋月春风永恒，烟雨杨柳永恒，和它们相比，人又算得了什么呢？存在是一种悲哀，是一种痛苦。范大诗人以优美的语言，平静地描绘离别的画面，却透露出凄美而永恒的绝望情绪，这正是诗歌发人深思，引人共鸣的魅力所在吧。

人生就是一场送别，我们不能选择送别的时间、地点、天气和环境，我们只能在分别来临的时候前往送别，长亭古道，横塘古渡，留下我们忧郁的凝望和悲伤的挥手。我们在送别朋友，送别亲人，也是在送别时间，送别过去，还有过去的青春和理想，生命和激情，还有与朋友相处的悲欢离合，与亲人相守的喜怒哀乐……正是在这种送别和品味送别当中，年年如此，代代相袭，我们悄然老去，生命悄然流逝，而我们身后，依旧是千年横塘古渡，绿水悠悠，依旧是长亭古道，风尘仆仆……

载将离恨过江南

——郑文宝《柳枝词》散读

古代诗歌抒写离愁别恨，多从离人入手，多从景物落笔，或直抒胸臆，或侧面烘托，而宋代诗人郑文宝的小诗《柳枝词》也写离愁别绪，却能独辟蹊径，自成格调，读之耳目一新，思之余味深长，的确是一首好诗。全诗是这样写的——

亭亭画舸系春潭，直到行人酒半酣。不管烟波与风雨，载将离恨过江南。

标题是《柳枝词》，据此推知诗作内容当与离别相思有关，因为有柳处即有送别，柳又谐音"留"，古人还有折柳赠别，祝福离人平安远去之意，诗题中冠以"柳"字大概暗示了诗歌主旨。此诗新奇独到之处在于从载走离人，也载走离恨的画船入笔，铺展联想，描景写行，恰当地传达出离人的愁苦相思。

装饰华丽的小船，静静地泊在潭边，一条绳子牵扯着小船和垂柳。春天来了，杨柳吐绿，潭水泛波，风光宜人。小船空空荡荡，一动不动，似乎在等待主人的到来，又仿佛在徘徊犹豫，它是静谧的，也是美丽的，是闲适的，也是清冷的，它在等待离别的时刻，它也在等待一个故事的发生。岸边垂杨掩映处，应该有一处酒馆，离别的朋友正在举酒话别，他们推杯换盏，喝得热火朝天！大概喝到似醉非醉，天色不早的时候，行人才意识到要动身了，于是他走下酒楼，登上船只，准备出发。小船耐心地等待，待主人喝完酒之后，待主人说完话之后，待主人与朋友告别之后，这才启航。它要沿着江河，茫茫远去，烟波风雨不能阻拦它，大浪险滩不能阻挡它。酒醒之后，行人四顾茫然，不见朋友挥手远送的身影，不见酒楼饯别宴饮的劝慰，不见昔日朋友欢聚的快乐。眼前是茫茫江面，渺渺风烟，只有小船，载着孤独的行人，也载着满船的离恨，独自驶往江南，给我们留下一个感伤的背影。

离别有恨，无关杨柳，无关烟波，无关小船，可是你看诗作，行人心有愁绪，迁怒于物，怨小船离别太速，怨船儿不管风雨，怨船儿驶往江南，怨船儿无情无义，离情表达，别具新意。词人周帮彦甚是喜欢此诗，深得其中真味，把它改成词作——"无情画舸，都不管，烟波隔前浦，等行人、醉拥重衾，载将离恨归去。"天地无情人有恨，这次第，怎一个"恨"字了得！另外，宋诗一般来说虽然多有浅显直露之弊，但此诗却是例外，词句含蓄，大有余味。"不管"二字，于船而言，是无情无知，我行我素；于人而言是埋怨行船，渴盼停留，行不得也么哥！"江南"更是以乐写悲，断肠痛心。唐代诗人兼词人韦庄《古离别》曾如此写道——"晴烟漠漠柳毵毵，不那离情酒半酣。更把玉鞭云外指，断肠春色在江南。"江南春色，风光美丽，草长莺飞，花红柳绿，令人神往，引人入胜，但是对于一个离恨满怀、愁苦失意的文人来说，江南再美非吾乡，何以能高兴，何以能欢愉？非但不能高兴，反而更加痛苦，更加悲伤，诗中出现"江南"丽语，其实暗含悲情。

再说"载将离恨过江南"，离恨无形，亦无重量，可是因为心情的沉重，因为离别的惆怅，行人的船儿走得慢，似乎载着千斤重物艰难前行。以有形状无形，以具象状抽象，巧妙凸显离愁苦恨的沉重难耐。类似表达，多有运用。石孝友《玉楼春》词把船变为马："春愁离恨重于山，不信马儿驮得动。"王实甫

《西厢记》里把船变成车,第四本第一折——"试着那司天台打算半年愁,端的是太平车儿约有十余载。"第三折——"遍人间烦恼填胸臆,量这些大小车儿如何载得起!"陆娟《送人还新安》又把愁和恨变成"春色"——"万点落花舟一叶,载将春色过江南。"凡此种种,各臻其妙,各擅其长。当可比较赏读。

满身风露竹扶疏

——刘一止《访石林》散读

探访朋友，不在乎是否见到朋友，而在乎一路的风光景物和心情兴致，正如《世说新语》所记载的有关山阴王子猷访友的故事。一个积雪空明，月光朗照的夜晚，王子猷兴致勃勃乘舟访友，迷恋于沿途风光，陶醉于无边风月，一路行来，乐趣无穷；及至朋友住处，兴味索然，于是，返舟而回，不见朋友。整个行程全凭兴致心情，兴起而出，兴尽而归，饱览沿途风光，心情无比欢畅。宋代诗人刘一止也有一次类似王子猷的潇洒行为，诗人出访朋友叶梦得，不见梦得，不言失望，反而收获了旅途的畅快和美丽风光，诗人兴奋不已，挥笔写下一首诗《访石林》记载此次行程风光和心情。

山行不用瘦藤扶，度石穿云意自徐。夜过西岩投宿处，满身风露竹扶疏。

标题中的"石林"是南宋诗人叶梦得，其号"石林居士"，在吴兴（今浙江湖州）西门外有一座名为"石林"的园子，因其处产石奇巧，罗布山间，故而得名。诗人访问的就是这样一位情趣奇特、风神散朗的朋友。物以类聚，人以群分，据此亦可推知，诗人应该是一位情趣高雅，举止不俗的文人。那么这种不俗之情何以体现呢？我们来看诗歌的内容。

诗人也许白发苍苍，年事已高，但是身子硬朗，腿脚灵便。这次出行，旅途遥远，山路崎岖，诗人强调自己不用手杖也能翻山越岭，度石穿云，没有半点担惊受怕，没有一丝劳累叫苦，神态自若，意兴飞扬，活像一个游山玩水的探险家，一路寻找奇特风光，一路寻找惊险刺激。藤杖，是年迈体弱，腿脚不便的老者出行的拐杖，加一"瘦"字，让人感觉到它的瘦劲苍老，同样苍老而又豪兴不减，雄心不灭的还有老诗人。诗人断言，不要藤杖扶助，迈开大步直行，气势之雄旺，动作之矫健，精神之昂扬全在"不用"二字当中展现无遗。"度石穿云"是夸饰之语，突出山高路陡，行进艰难。想想看，对于一位老人来讲，攀越石崖，穿过云雾，何等惊心动魄！何等耸人听闻！虽然山高路险，但是，诗人如履平地，意态悠闲。不夸张一路艰险，就不足以反衬出老人的身健意徐，就不能够突出老人的豪情逸兴。试想，若把"度石穿云"改成"穿山走林"，那么意味顿减，豪兴顿减，也少了那份引人入胜的刺激味儿。

诗歌一、二两句主要描写诗人白天的行程，突出诗人的勃勃兴致和豪迈激情。诗歌三、四两句侧主要描写诗人晚上的行踪，表现诗人的旅途劳顿和潇洒风姿。夜晚，诗人走过西岸，投宿人家，已是满身风露，疲惫不堪。显然，诗人要暂住一晚，歇息一晚，养精蓄锐，恢复体力，明天又要继续赶路。这天黑投宿的描写也很有意味。"西岩"不是"东岩""南岩""北岩"，其来有源，唐代诗人柳宗远有诗《渔翁》——"渔翁夜傍西岩宿，晓汲清湘燃楚竹。烟销日出不见人，欸乃一声山水绿。""西岩"之青山绿水，"西岩"之云开雾散，"西岩"之幽僻清静，"西岩"之奇特神秘，无不吸引读者诗人，吸引读者。刘诗人夜过"西岩"，自然显得既风雅又神秘，既浪漫又迷人。"风露"既是诗人披星戴月，风霜兼程的形象写照，又是诗人举止豪迈，心性高洁的生动暗示，再加上绿竹分披，枝叶翠绿的环境烘托，诗人的高情雅韵和闲情逸致表现得异常充分。

综观诗人出访行程，不管是白天的翻山越岭，度石穿云，还是夜晚的风露满身，西岩投宿，所见所闻，所历所感，无不意趣盎然，引人入胜。诗题为"访石林"，但诗中只字不提被走访的对象——叶石林（梦得），而是侧重写诗人晚年出访中的心态。诗人心态的展示，又并非直露，而是借助于对途中身健意徐的描绘，从而将诗人远道访友时的自得之情，轻快之感翻迭出来，令人耳目一新，显得情趣浓郁。

一枝红杏出墙来

——叶绍翁《游园不值》散读

春天在哪里呢？春天在点点苍苔之上，绿光荧荧，生机勃勃；春天在出墙红杏之上，粉红灿烂，光彩照人；春天在柴扉小院之内，姹紫嫣红，美不胜收。这这就宋代诗人叶绍翁笔下的春天，魅力四射，活力无限，其诗《游园不值》如此写道——

应怜屐齿印苍苔，小扣柴扉久不开。春色满园关不住，一枝红杏出墙来。

从标题来看，诗人应该是去拜访一位朋友，独门别院，春光无限，可惜朋友不在，诗人吃了闭门羹，失望懊恼之余，突然发现了另外一番奇异的景象，诗人激动不已，倍感快乐。不见朋友，不入园门，却遇见了春天，遇见了美丽，这就是诗人要传达给我们的浪漫诗意。

朋友的居所位于荒郊野外，人迹罕至之地，不在繁华热闹，车马不断的闹市；居所狭小僻静，条件非常简陋，独门单院，围墙圈成，院内种植了一些花草树木。平日里朋友就一个人生活在这里，无人打扰，清静自在，读书吟诗，养花植草，怡情悦志，自得其乐。诗人这次出访，没有预约，也没有什么具体的事情，只是想去散散心，寻找春天，如果能碰上朋友，可以喝上几杯，同赏春光。

但是遗憾得很，朋友不在，诗人轻轻敲打柴扉，却久久不见主人来开门，也许主人早就离开这里，又到什么深山沟谷游山玩水去了吧，或是如闲云野鹤一般云游四方吧……原因可能很多，诗人不知道，也不刻意去弄明白，凭直觉，凭他对朋友的了解，诗人大胆而肯定地推测，朋友关门是生怕外人来访，踩坏了他心爱的苍苔啊！不知道来者是谁，是亲朋故友，还是凡俗之人？见还是不见？朋友也在犹豫，他担心别人踩坏他的苍苔，他担心别人破坏他的宁静，他更害怕尘俗污浊之气玷污了他的宁静小院啊。他在小心翼翼地呵护苍苔，呵护小院，其实也是在呵护一种生活，一种性情。诗中明点"苍苔"一词，自有深意，引人联想。其一，青苔点点，绿意抹抹，生机勃勃，春光无限，怜爱青苔，就是怜爱春光，呵护春光，惜春之心，喜春之意，展露无遗；其二，独门小院，人迹罕至，以至青苔逢春，疯狂滋长，可见主人不交世俗，不问官场，不涉名利，心灵之宁静清洁，情性之潇洒风流，如诗如画，宛然可睹；其三，青苔自生自长，无意与百花争艳，不屑与百鸟争鸣，独处一隅，安安静静，默默无闻，这不正是主人清静自得，清洁自乐，清雅自守的形象写照吗？"苔痕上阶绿，草色入帘青"，诗人的生活是浪漫的，与花草为伴，与诗书为友；诗人的心灵是洁净的，不粘染尘俗，不过问功名事。总之，"苍苔"是毫不经意地点染，更是意味深长的暗示，它的出现折射出主人的思想情趣和人生态度。

诗歌一、二两句主要是抒写诗人的不遇之惆怅和主人的高洁清雅之性情，诗歌三、四两句则异峰突起，喜从天降，给人以赏心悦目，喜不自胜之感。你看，正当诗人愁眉不展，徘徊不定的时候，突然之间，他发现，一树红杏伸出围墙，傲然绽放，火红灿烂的颜色，绽放出初春的光芒，越墙而出的枝条，吐露出无限生机，谁也阻挡不住它的绽放，谁也抵御不了它的美丽。它是春天的使者，它是美的精灵，它是力量的释放，它是希望的张扬，它是灿烂炫目的风景，它是拨动心灵的音符。完全可以想见，满园之内，草木逢春，该有多少动人春色，该有多少浓浓的春意啊！诗人感叹，"满园春色关不住"，岂止是满园，春临大地，万物新生，蓬勃生长，谁能阻止，谁能控制呢？新事物的生长一日千里，活力无限，新希望的到来光辉灿烂，激动人心。诗人用词很妙，用"关"字，关的对象不是人，不是动物之类，是春天，是活力，是生命，是希望，形象生动活泼，意蕴丰富深厚。春天是力量的象征，锁不住，关不了；春天是健壮的青年，正迈着稳健有力的步伐向我们走来。

　　红杏出墙，定格成画，飞扬成风，有人看到一道招摇炫耀的风景，有人看到蓬勃向上的生命，有人看到光明亮丽的色彩，有人看到张扬狂放的姿态，有人看到火红热烈的青春，有人看到轻挑躁动的心灵，有人看到美好诱人的希望，有人看到不够节制的放肆……意态万千，情趣多多，这就是出墙红杏的魅力，这就是诗歌的魅力。你想有多美它就有多美，它的美丽远远超过了你的想象力！

青山绿水古风醇

——韩维《下横岭望宁极舍》散读

赞美朋友通常有两种方式，一种是把酒言欢，放言高歌，一派阿谀谄媚之词；一种是真心诚意，不动声色，心向往之。宋代诗人韩维有一朋友名叫孔旻，字宁极，隐居在汝州龙兴县（今河南宝丰）龙山之噶阳城，韩维知汝州时，过从甚密。韩维写过一首诗歌《下横岭望宁极舍》歌赞朋友的高风亮节，表达诗人的倾慕之情——

驱车下峻坂，西走龙阳道。青烟人几家，绿野山四抱。

鸟啼春意间，林变夏阴早。应近先生庐，民风亦淳好。

从标题可以看出，诗人这次探访朋友，是要经历一番跋山涉水的过程的，在刚刚驱车越过横岭，还未到达朋友住处之前，诗人纵目远眺朋友住处，风光无限，天地开阔，诗人心胸为之爽朗，心神为之振奋。这首诗就记录了这种优美迷人的自然风光和风光之后的民风雅韵。盛赞朋友，决不显山露水，旁敲侧击，处处溢满深情，这是诗歌的主要特点。

诗人翻山越岭，几经周折，下横岭，走龙阳，来到一处空阔明朗之地。这里离朋友的住处不远，这儿的风光秀丽迷人。诗歌一开篇，紧扣标题，交代行踪，渲染气氛，暗含情味。出访的交通方式是"驱车"，表明路途遥远，造访艰难。路径虽然是宽敞大道，但是几上几下，折东转西，时而翻坡过岭，时而直奔大道，时而缓慢前行，几多曲折，几多坎坷。尽管如此，诗人毫不畏惧，仍要出访，这就看出诗人对此次出游的重视，对远方朋友的仰慕。同时，迢迢旅途，坎坷艰辛，也给我们留下悬念，朋友到底是一个什么样的人？他干吗要居住在如此遥远偏僻的地方？他有什么样的风范深深地吸引着诗人？诗人带着钦慕与向往赶路，我们则是带着疑问与好奇读诗，前方有一个谜在召唤着我们。

　　这是一个怎样的地方呢？缕缕炊烟，袅袅升起，点点人家，依稀可辨，群峰竞秀，连绵起伏，良田沃野，环抱其中。暮春时节，鸟鸣幽幽，春意阑珊；初夏时分，枝繁叶茂，夏阳清凉。这是世外桃源，这是人间乐土，没有喧嚣扰攘，没有车水马龙。到处一派安静、祥和、清明的氛围。虽然是一路见闻如实描绘，但是诗人的用词还是十分讲究的。"几人家"，说明人家不多，村寨安宁，再加上炊烟，很容易让人联想起陶渊明笔下的"暖暖远人村，依依墟里烟"的意境来。"四山抱"则"抱"得天衣无缝，有情有意。峰峦秀丽，起伏连绵，形成一个圆圈，怀抱安静的村落和宽阔的田野，像母亲呵护熟睡的婴儿，像屏障遮断外面的世界。这里与世隔绝，人迹罕至；这里青山环抱，自成一统；这里清幽静谧，自由快乐。鸟的啼鸣，打破了山的宁静，也增添了幽静的氛围。唐人有诗云"蝉噪林愈静，鸟鸣山更幽"，诗人以动写静，以声写静，目的在于突出山村的祥和、宁静；还有那来得较早的夏阳，既早且凉，当然令人身心快意。诗人何以有如此"早"凉的感觉呢？当然是因为树林枝繁叶茂，浓荫匝地的缘故。阴阴夏木，炎炎夏日，不也是一道清凉迷人的风景吗？

　　读到诗歌中间两联，也许你会以为，这里就是诗人的朋友宁极隐居的地方，这里的山水实在太迷人了，山清水秀，静谧祥和，当然适合隐士居住，可是，你上当了，这里还不是朋友的住所，诗人郑重严肃地提醒我们，这里应该是靠近先生的茅庐吧，不然，气氛何以如此宁静、祥和，民风何以如此淳朴、美好？先生的住所不在这里，再往深处走就到了，但是诗人看不见，我们也无缘目睹，我们只见离诗人朋友住处不远的山水村落。睹影知竿，见山看水，我们完全可以想象得出，先生的高情雅韵、高风亮节，一方山水养育一方人，一方人反过来影响一方山水，诗人委婉地告诉我们，正因为有先生的影响，这里才出现如此清纯平和的民风。想想看，赞美一个朋友，写他环境的清幽迷人，写他影响的深入人心，写他神韵的卓然风致，就是不正面直接颂扬他一句，何等含蓄，何等真情，又是何等深挚！

宿处先寻无杜鹃

——*左纬《送别》散读*

俗话说,在家千日好,出门一时难。难在何处?不在天寒地冻,孤衾独枕,不在水长路远,颠沛流离,不在他乡异地,言语不通,不在穷困潦倒,生活艰难;最大的难处在于思家念亲归思不得,在于心怀离愁无计排遣。宋代诗人左纬的小诗《送别》就把游子漂泊在外,离愁苦恨无限的情绪抒写得淋漓尽致,动人肺腑。诗歌是这样写的——

骑马出门三月暮,杨花无赖雪漫天。客情唯有夜难过,宿处先寻无杜鹃。

题曰《送别》,主送客别,送者怅然若失,别者含愁带恨,离情别意萦绕诗篇。

送别的时间是杂花生树,群莺乱飞的暮春三月;出行的方式是主客骑马,并辔缓行;撞入眼帘的风景是柳絮飞飞,漫天漫地。可以想见,这是一个感伤的季节,这是一次沉重的离别。诗人遣词造句,无不蕴含愁思。"骑马"出行,长途奔波,自有几多艰辛,几多风霜,令人想想"古道西风瘦马,夕阳西下,断肠人在天涯"的意境来。不是高头大马,摆阔炫富,不是八抬大轿,招摇过市,也不是豪华车盖,前呼后拥,只是一匹瘦弱老马,奔走茫茫天涯!"出门",此处可作三解，一指主客出门，同行一程，终有别时；二是游子辞亲远游，离别故土，千般不忍，万种不舍，但又无可奈何，出门在外，处处为难，哪有待在家里与亲人故旧团聚快乐呢？三是"出门"就意味着游子思乡念亲，归期不定，游子怀揣故园，心载离愁，行走天涯，前程未卜，何其孤独！何等落寞！三月暮春，自然是草长莺飞，姹紫嫣红，可是如此欢悦之景又如何能够化解离别者的寸断肝肠呢？是谓"乐景写哀，倍增哀怨"。你看那柳絮，漫天飞舞，无忧无虑，朵朵似雪，轻盈自在。它们不懂得离人的痛苦惆怅，它们不过问生活的艰难困苦，它们只是自个儿快乐飞扬。它们反倒给人添愁增恨。诗人说它们"无赖"，从柳絮的角度来看，极言柳絮飘飞，浪漫多情，美丽无边；从离别者的角度来看，则是烦扰多事，搅乱心情，添愁惹恨。"杨花"意指柳絮，似花而又非花，随风起落，飘零不定，隐喻游子漂泊天涯，行踪不定的悲苦命运。再说，"柳"入诗词，情关离别，自古皆然。李白诗云"杨花落尽子归啼，闻道龙标过五溪。我寄愁心与明月，随君直到夜郎西"（《闻王昌龄左迁龙标，遥有此寄》）。王维诗云"渭城朝雨浥轻尘，客舍青青柳色新。劝君更尽一杯酒，西出阳关无故人"（《送元二使安西》）。"柳"与离情别意，密切相关，此处若把"扬花"换成"桃花""梨花"或"菊花"，则意味迥然不同，与中国传统诗词文化底蕴相悖。

诗歌一、二两句是实写主送客别，离情凄凄；诗歌三、四两句是虚写，别后心境，凄凄惨惨。诗人设想，离别之后，今天晚上，游子（客人）投宿何处？心情如何？如何熬过？万千牵挂尽在字里行间。出门在外心最苦，度日如年夜难熬啊，投宿之前你最好要拣定一家听不见杜鹃苦啼的客店。劝慰之语殷殷切切，祝祷之情明明白白。诗人懂得，游子在外，万千苦况可以战胜，唯有愁思永夜难以熬过，因为孤独无伴，因为相思难遣，因为归家无计，因为身不由己……凡此种种，因人而异，因境而别，难以穷尽。真可谓"知我者，谓我心忧，不知我者，谓我何求"，主客相知，可见一斑。诗人特别提醒朋友远离凄苦之音，保持心情安定，一路保重，一路顺心。杜鹃，鸟名，又叫子规，古人认为其声凄切，如唤人归去，古代诗词中，多以杜鹃或子规隐喻归思乡愁。其实就左诗而论，宿处可以无杜鹃（不闻杜鹃苦音），乡思无时不有，尤其是孤枕不眠的夜晚。有杜鹃啼鸣，闻不得也，其声刺耳惊心，牵动离怀；无杜鹃亦愁苦，长夜孤眠，何能无牵无挂，无念无想呢？但是，不管怎样，诗人的劝告、提醒终究是一片真情，一腔好意。人生于世，有如此真心知心的好友，复何求焉？

　　江淹《别赋》曰——"黯然销魂者，唯别而已。"此诗写送别，送者愁情满怀，触景伤心，别者孤夜无眠，辗转反侧。离情别意，弥天漫地，痛断肝肠，不怨杜鹃，不恨杨柳，不斥黑夜，不责三春，恨只恨，天地之间何以人生长恨水长东！

独坐寒斋万感生

——项安世《雨夜》散读

朋友之交贵在真心至情,一心善良胜过万两黄金,一片牵挂暖过冬日阳光。在凄风苦雨之夜,在颠沛流离之时,朋友的关怀是慰藉,朋友的牵挂是希望。我们知道,活着值得,只要世间还有一丝温暖,一丝希望。近日读宋代诗人项安世的小诗《雨夜》,我就产生这种感慨,诗歌描写一个风雨漆黑之夜,诗人独坐寒斋,忆念故人,彻夜不眠的情景,抒发诗人感叹人生,忧念故旧的别样情怀。有一片风雨飘洒,在字里行间,也有一片感动温暖读者心灵。诗歌是这样写的:——

夜窗疏雨不堪听,独坐寒斋万感生。今夜故人江上宿,如何禁得打篷声。

诗人的处境很落寞,很凄苦,风雨之夜,独坐书房,心事浩渺,彻夜难眠。一窗疏雨听不得,万箭穿肠都是痛。这夜雨稀稀落落,滴滴答答,伴着冷风敲打窗户,也敲打着诗人的耳膜,让人毛骨悚然,心生寒凉。冷落的雨珠不像滴在地上,倒像溅落诗人心灵,每一声坠落都伴随着凄凉,每一丝绵长都牵扯出忧伤。正如李清照的词所云"梧桐更兼细雨,到黄昏,点点滴滴,这次第,怎一个'愁'字了得",诗人身边,没有亲朋好友相伴,亦无天真儿女相随,孤苦伶厅，形影相吊，又逢漆黑之夜，瑟瑟秋风，阵阵寒凉侵袭肌肤，也冷彻心肺。如此风雨，如此黑夜，如此境况，诗人怎能不忧涌心头，感慨万千呢？可是，诗人又不明白地告诉我们，他为什么万感顿生？他到底遇到了怎样迈不过的坎？这是诗人的高明，也是对读者的信任，很明显，留下一道道悬念，让读者去思索，去品味，这才是诗歌的魅力所在。我记得宋代词人蒋捷写过一首词《听雨》——"少年听雨歌楼上，红烛昏罗帐。壮年听雨客舟中，江阔云低断雁叫西风。而今听雨僧庐下，鬓已星星也。悲欢离合总无情，一任阶前点滴到天明"。人生坎坷，身世沉浮，悲欢离合，全由风雨牵出。项诗人的感受与蒋捷类同，借秋风秋雨，引发人生风雨，进而抒发感慨，这种感慨，既是个体人生遭遇的体现，又表达了万千文普遍的人生况味，因而，特别能够引起读者的共鸣。

如果说诗歌的一、二两句只是借风雨凄凄表达了一种苍凉萧瑟的人生况味的话，那么，诗歌三、四两句则是集中笔墨，蕴蓄情思，有力烘托诗人对朋友的牵挂和忧念。这个夜晚，凄风苦雨，独坐寒斋，诗人无眠，只为悲凉人生，只为孤苦朋友。此时此刻，朋友正在江上旅宿，听着这雨打船篷的声音，又该是什么心情呢？诗人也是孤独落寞，但是还有一间书斋御寒安眠，可是朋友呢？舟行江上，夜宿船舱，漂泊不定，归思无计，不知道还要经过多少风雨旅程？不知道还要经受多少心灵煎熬？诗人深表关切，但又无可奈何，不过，我们由此也不难看出，这种悲凉人生中的彼此牵挂，彼此忆念，乃是最最宝贵的。诗人想象朋友的处境，体会朋友的所思所感，简直到了心意相通的程度。此中情意，真诚、深刻，动人肺腑，催人泪下。人同此心，心同此情，落难中的我们又何尝不特别希望得到朋友的安慰和鼓励？患难见真情，世久见人心，不用说，项诗人对朋友有情有义，有血有肉，情深似海，心细如发，这就是他们之间的友谊之所以打动我们的原因。

行文至此，我也颇多感慨，白居易家酿成熟的时候，恰逢大雪纷飞的冬日，第一个想到要邀请朋友来一块围炉品尝，用美酒驱散寒冷，用热情温暖孤独；韦应物为官朝廷，天寒雨大的时候，第一个想到归隐山中的朋友，简陋茅棚，如何遮风挡雨御寒，如何挨得过寒冷的冬天，诗人想到要带上一壶酒，到山中去看望朋友。同样，项世安独坐寒斋，耳听秋风苦雨，为朋友漂泊流离而不眠……情真意切，动人肺腑。是啊，这年头，活着很不容易，我们不玩高雅，我们特别在乎情义，有这样一个心心相印，忧乐同担的朋友，生活就明媚灿烂。

落日残僧立寺桥

——昙莹《姚江》散读

诗人写景状物，摹声绘色，向来是见心中所见，闻心中所闻，感心中所感，外在的风光景物从来都是诗人内心情思的形象折射。因此，读诗需要敏感，需要锐利，需要善于从风光景物中读出诗人的内心世界。宋代诗僧昙莹的小诗《姚江》文笔清淡，意境疏朗，形象平实，意蕴深长，不失为一首空灵含蕴，诱人寻味的好诗。诗歌是这样写的——

沙尾鳞鳞水退潮，柳行出没见渔樵。客船自载钟声去，落日残僧立寺桥。

江边的风光清新、淡雅、静谧、深远，桥上的诗人肃立，沉思，黯然神伤。

江边滩头，水势起落，波纹如鳞；江潮退尽，软泥细沙，如线如缕。一句之中，动静兼备，形象鲜明。诗人在注视潮水缓缓退去，诗人在聆听浪花哗哗作响，诗人在欣赏沙泥无声无息，静美的画面流露出诗人恬适的心情。人只有在宁静孤独的时候，才能看到自然的深邃和美丽。我相信，一江春潮属于诗人，潮起潮落容纳心间。我曾经到过北海银滩，细沙如线，<u>丝丝缕缕</u>，或赤足漫步，或放肆奔跑，的确过瘾；不过，海浪喧哗，人声喧闹，少了宁静，少了氛围，少了注视，少了沉思，倒是昙莹的姚江沙滩，静美得让我惊叹，让我心神宁静。

再看岸上风光吧。绿柳成行，随风飘拂，樵夫渔民，一片忙碌，气氛甚为浓烈。谁见渔樵？谁又没见渔樵？其间大有学问。心有功名则见功名，心有渔樵则见渔樵。渔樵是中国传统诗词之中的一个重要意象，早有放逐江畔、披头散发的屈子大夫与江边渔夫的经典对白，演绎了一段远离官场，淡泊名利，洁身自守，孤芳自赏的人生佳话。唐有诗佛王维的"山中无远近，隔水问樵夫"，隐居山中，徜徉山水，怡然忘情，打柴是名，自由是真。近有苏东坡《赤壁赋》"渔樵于江诸之上，蜉游于天地之间"，自由自在，无牵无碍，醉情山水，逍遥快意，活脱脱一种豪放旷达、看破红尘的人生态度。昙莹诗中的"渔樵"，隐隐透露出诗人崇尚隐逸，向往宁静，钟情自然，放逐山水的别样情怀。表面上渔人樵夫是忙碌的、世俗的，但言词之下却是静谧、深远、脱俗、孤傲。

诗歌一、二两句落笔渔村农舍，以动写静，以声衬静，渲染一种安宁、静谧的氛围，烘托诗人平和宁静，淡泊从容的心情。诗歌三、四两句则把镜头转向寺院，绘声绘色，状形状态，勾勒出一幅僧立寺桥，神思千里的静穆图画。客船远去，钟声悠扬，日落西山，寺院静默，诗人久久站立桥上。风光景物浮现眼前，离情别意涌上心间，诗人站成了一道感伤的风景，诗人站成了一个沉思的姿态。我不知道，是对自然变化的深沉思索，还是对人世沧桑的悲悯和感叹？是对朋友难分难舍的眷恋，还是为之虔诚的祈祷祝愿？"载"字用得妙，有形状，有质感，有重量，将无形无状之钟声转化成可睹可触之实体，稳健新颖。"自"字含深情，客船自去，渐行渐远，淡出诗人的视野，牵扯诗人的离愁，船不懂情意自去自来，与人无关，反见人之伤感惆怅。杜子美诗云"映阶碧草自春色，隔叶黄鹂空好音"，青草自碧，黄鹂空鸣，与人无关，人无心绪，何其伤悲！"残"字见意，残即是留，钟声已远，朋友已去，夕阳已沉，僧尚未归，离情别况，黯然神伤。

细品全诗，我最难忘记的是末句，是僧立寺桥，沐浴夕阳的画面。夕晖斜照，拖长了僧人的身影，暗淡了僧人的双眸。小桥独立，站出多少风雨岁月的沧桑，站出多少聚散离合的伤叹。寺僧无语，江山静默，诱人寻味，令人神往。淡淡的忧伤和淡淡的夕阳同在，静静的寺桥与默默的诗人相连，其景其人，令人想起唐代诗人刘长卿笔下的灵澈上人——"苍苍竹林寺，杳杳钟声晚。荷笠带夕阳，青山独归远。"（《送灵澈上人》）不同在于一个悄然远去，一个静立天地，相同在于那份风神爽朗，那份清寂落寞。千年以降，夕阳仍在，寺桥仍存，诗情画意毫不褪色，只是那位诗僧永远不见了。

闲敲棋子落灯花

——赵师秀《约客》散读

朋友相聚，或开怀痛饮，或登楼揽胜，或吟诗作对，或游山玩水……几多畅快，几多欢悦，可是，要是有约在先，却不见人影，而且久候不至，音讯绝无。那又是何等滋味呢？宋代诗人赵师秀的小诗《约客》就为我们描绘了这样一番苦苦等候，久久失望，百无聊赖，心烦意乱的心绪，诗歌如此写道——

黄梅时节家家雨，青草池塘处处蛙。有约不来过夜半，闲敲棋子落灯花。

题曰《约客》，当然是预约朋友，欢聚晤谈，于主人而言，是殷殷期盼，情深义重，于客人而言，要恪守信义，不负期许。可是，诗人等候许久，却不见朋友的身影，深更半夜，只留下形影相吊、孤灯独伴的诗人。孤独、落漠、无聊、不安，弥漫全诗，揪人心肺。

那个等候朋友的季节，梅子成熟，细雨不断，青草池塘，蛙声鼎沸，很热闹，很喧嚣，也很有诗意。单从诗歌表面来看，"家家雨"，有滋有味，惹人联想。黑夜漆漆，细雨蒙蒙，滋润千家万户，洗礼世间万物。家家户户雨不断，看似无情却有情，雨是公平的，雨是有心的，每家都下，无一闲着，带来欢乐，带来生机。这与郁达夫在《故都的秋》中描写北平的蝉鸣情味类似，"这秋蝉的嘶叫，在北平可和蟋蟀耗子一样，简直像是家家户户都养在家里的家虫。"其实，蝉也好，雨也罢，天然存在，自鸣自落，不为人来，不为人去，可是，一旦加上"家家"这类带有感情色彩的词语，似乎就给人一种感觉，这雨是我家的，这蝉是你家的，多可爱，多有味。"处处蛙"，范围局限在诗人屋外池塘，蛙声此起彼落，喧闹不宁，似油锅沸腾，似人声喧哗，似集市吵嚷，在夜间，在乡村，喧闹之中有活力，古朴之下孕诗情。设想一下，生活在城市钢筋混凝土丛林的现代人，今天有谁还能听见"蛙声一片"呢？谁还能拥有一颗古朴宁静的心呢？蛙声热闹，带领我们回到那个古老的夜晚，感受那种自然活泼的生趣。撇开诗人的心情，从"家家雨""处处蛙"之中，我们听到了自然的声音，我们领略了生动活泼的诗意。诗歌无疑给我们带来美好的享受。但是，从诗歌深层来看，则另有用意，诗写主人候客不至，心生烦闷，这里正是以梅雨的漫天漫地，淅淅沥沥，以蛙声的此起彼落，喧闹不宁，来反衬诗人心情的孤寂无聊，也就是说，在诗人听来，家家细雨不断，滴滴答答，处处蛙声鸣叫，喧闹嘈杂，乱耳烦心，乱情乱意，徒添烦恼罢了。诗人还有心聆听这"优美"的自然之声吗？

  诗人和朋友约好了晚上见面，好好厮杀一盘围棋，可是，夜半时分还不见人来，在无聊郁闷的等待中，诗人敲着棋子，发出声声脆响，震落了点点灯花。这是一场苦闷的等待，这是一个无聊的夜晚，朋友失约了，而且也未捎来任何音讯。不去责备他，他肯定有事在身，走不开，他肯定不是故意的，他绝对不会是那种出尔反尔、言不守信的人。诗人这边可就苦了，"过夜半"可见等候之久，等候之执着，失望和希望交织，埋怨与谅解同在。深更半夜了，诗人还不上床休息，还是枯坐灯前，苦苦等待，大有等不来朋友决不休息的架势，这份等待很感人，很真诚，由此我们也不难知晓，诗人和朋友绝非泛泛之交，肯定是至真至诚，情趣相投的朋友。"闲敲棋子"是一个无意识的动作，棋已摆好，灯已点上，夜已很深，朋友还不来，闲得无聊，不知不觉就敲打棋子，内心之烦躁不安、孤寂无聊、惆怅若失，可想而知。此"闲"绝不是悠闲自在，自得其乐，绝不是儿女情长，缱绻缠绵，而是不安、郁闷、遗憾、焦急、担忧、牵挂……"落灯花"，固然是敲棋所致，但也委婉地表现了灯芯燃久，期客时长的情形，侧面烘托诗人怅惘失意的形象。诗人的失意源自朋友的失约，没有朋友的夜晚，注定无眠。

品读这首绝句《约客》，我们记住了那个热闹的季节，那个古老的夜晚，还有那位孤独的诗人。窗外，细雨蒙蒙，蛙声不断，室内，青灯独伴，形影相伴。棋局已为朋友摆好，青灯已为朋友点亮，诗人早已端坐桌前，都深夜过半了，他能等来朋友吗？我们不知道。

一见故人心眼明

——徐积《赠黄鲁直》散读

古人交往，至真至诚，至情至性，超越了功利，脱尽了尘俗，使友谊呈现一种永恒之美，使人性散发一种迷人光辉。宋代诗人徐积题诗赠友，多侧面，多角度铺叙相思，挥洒性情，读之令人心有共鸣，感叹嘘唏，思之令人击节叹赏，回味无穷。诗作《赠黄鲁直》是这样写的——

不见故人弥有情，一见故人心眼明。忘却问君船住处，夜来清梦绕西城。

黄鲁直，即北宋著名诗人黄庭坚，鲁直是诗人的字。标题很平实，很通俗，但它表明诗人的重情重义，念友不忘。这首诗是为朋友而作，为友谊而写，这首诗是诗人的肺腑之言，也是诗人的至情流露。

一写不见，故旧之交，很久不见，倍添思念，你念着我，我想着你，远隔万水千山，情意绵绵无尽。"故人"一语，见证了两人过去的时光，共同的生活，深厚的情谊。一般说来，如果两个人交往淡薄，感情不深，那么随着时间的流逝，这种交情就会渐渐淡化，甚至遗忘。但是，如果两个知音知心，情志相投，那么，任凭时间推移，此番情谊，愈久愈深，刻骨难忘。诗人徐积对朋友黄庭坚的感情，经历了时间的考验，岁月的淘洗，变得更加笃实，更加纯厚，出来不需要想起，永远也不会忘记，像空气弥漫在周围，离开不得，像阳光照耀身心，温暖灿烂。"不见"背后是思念，"不见"背后有沧桑，不是不想见，而是想见不能，人活于世，身不由己，各奔天涯，再加上社会时局的原因，相见自然成了一种奢望，但是，不管世道沧桑，人间巨变，诗人对朋友的怀想、思念，永远不会改变。诗人开笔痛言"不见"，流露出渴望相见，却又无可奈何的复杂情思。

二写相见，历尽风雨，邂逅江湖，两位友人心明眼亮，精神振奋。苍天有意啊，安排一场诗人和朋友久别之后的相逢。要知道，在古代社会，交通不便，山水阻隔，时局动荡，音讯难通，人在江湖，身不由己，要见上一面真是比登天还难，李白曾叹曰"噫吁嚱，危乎高哉！蜀道之难，难于上青天"，不仅行路艰难，其实朋友流离，相见艰难，同样如此。因此，诗人高兴，朋友欢喜，他们深知这次短暂的相聚来之不易，他们不知这次离别之后何时才能相见，他们迷茫，人生如浮萍，雨打风吹，江流水走，何处是归宿，天涯路茫茫。他们珍分惜秒，畅叙幽情，倾诉思念，他们举杯相嘱，互相安慰，互相勉励……天南地北，奔东跑西，但是两个人彼此牵挂，两颗心互相祝福。"不见故人"，"一见故人"，不避重复，前呼后应，文气贯通，情意笃厚。诗人对朋友，念念不忘，深情款款。

三写忘却，两个人相聚只顾倾诉别后情，反而忘却询问朋友泊舟何处，投宿何店，朋友走后，给诗人留下无限惆怅，无限懊悔。记得是情，忘却也是情，这份忘却可以谅解，两个友人，情谊深厚，时隔久远，好不容易见上一面，话语滔滔，情涌胸怀，畅所欲言，尽情尽兴，忘记了时间，忘记了离别，忘记了周围这个世界，哪里还记得过问友人如何靠岸，如何投宿这等小事呢？这份忘却也充满了惆怅。友人走了之后，诗人仍然沉湎悟谈欢悦之中，不能自拔，等到他意识到要去找朋友，才发现，朋友住在何处，我没有过问，我不知道呀，真是太马虎了！兴致酣畅，想见不能，想找无处，还有什么办法呢？除了遗憾还是遗憾，除了后悔还是后悔。

四写夜梦，朋友走了之后，诗人仍然相思不已，惆怅满怀。俗话说，日有所思，夜有所梦，那个夜晚，诗人躺在床上，先是辗转反侧，睡不着，等到睡着之后，他做了一个伤心的梦。梦中，他一个人在西城，寻寻觅觅，冷冷清清，凄凄切切，他在找朋友啊，他似乎隐约记得，朋友还没有离开这座城市，他还住在西城某个地方，但是，梦不圆满，孤独的诗人没有找到朋友。这个寻找会持续多久，我们也不知道，读到此处，我们除了祝福，除了感动，实在没有别的办法来帮助可怜的诗人。

全诗四句，句句关情，"不见""怀念"，"一见"欣喜，"忘却"后悔，"夜来"追寻朋友的影子，时时萦绕诗人心中。诗人的心处处追寻朋友的去向，聚也罢，别也罢，见也罢，梦也罢，深情厚谊，动人肺腑，友谊颂歌，长留天地。